Siegfried Schütt

Liebe, Liebe lass mich los

Goethe und die Frauen

Siegfried Schütt

Liebe, Liebe lass mich los

Goethe und die Frauen

Mit 9 Abbildungen

Langen Müller

Der Satz »Liebe, Liebe, lass mich los« (Titel) findet sich in einem Gedicht Goethes, das er während seiner Liebesgeschichte mit Lili von Türckheim (Schönemann) geschrieben hat.

Bildnachweis
Sämtliche Abbildungen sind dem Buch »Goethe und sein Kreis« von Franz Neubert, 1922 in der Verlagsbuchhandlung J.J. Weber, Leipzig, erschienen, entnommen. Das gilt auch für das sich auf jeder Seite wiederholende Motiv mit dem Goethe-Kopf; es zeigt Goethe nach einem Ölgemälde von Georg Oswald May, 1779 (Freiherr Fr. Cotta von Cottendorf, Stuttgart)

Der Verlag konnte in einzelnen Fällen die Inhaber der Rechte an den reproduzierten Fotos nicht ausfindig machen. Er bittet, ihm bestehende Ansprüche mitzuteilen.

Besuchen Sie uns im Internet unter
http://www.herbig.net

Umschlaggestaltung: Atelier Seidel, Altötting
Umschlagmotive: AKG, Berlin
Satz: EDV-Fotosatz Huber/Verlagsservice G. Pfeifer, Germering
Gesetzt aus der 11/14 Punkt New Caledonia
Druck: Jos. C. Huber KG, Dießen
Binden: R. Oldenbourg, Heimstetten
Printed in Germany
ISBN 3-7844-2829-0

Inhalt

Prolog

»Sein hoher Gang, Seine edle Gestalt, Seines Mundes Lächeln, Seiner Augen Gewalt, und seiner Rede Zauberfluß, Sein Händedruck, und ach! Sein Kuß!« Übertrieben ist diese Selbstdarstellung Goethes im »Faust« nicht. Er ist stattlich, so nennt man das wohl, wenn einer nicht gerade klein ist und sicher auftritt. Seine Augen werden von Zeitgenossen als beeindruckend beschrieben, und seine Beredsamkeit ist berühmt. Er ist geistreich, liebenswürdig, amüsant und er ist großzügig. Seine »Mädgen« werden mit orientalischen Seidentüchern, teuren Ringen und wertvollen Stoffen beschenkt. Sein Händedruck ist viel versprechend. So jedenfalls werden es die Mädchen empfunden haben.

Goethes Annäherungen an das andere Geschlecht sind zunächst eher zaghaft. Als 16-jähriger Student in Leipzig renommiert er zwar mit einigen »Eroberungen«, aber die werden wohl von der harmloseren Art gewesen sein. Liebe empfindet er als etwas ziemlich Bedrohliches, will sie aber nicht missen. Noch im Alter wird er auf die Frage, wie es ihm gehe, antworten: »Schlecht, denn ich bin weder verliebt, noch ist jemand in mich verliebt.« Er vergöttert die Frauen, aber er verschleißt sie auch. Bereits seine erste ernsthaftere Affäre endet mit hysterischen Eifersuchtsszenen. Die Quälerei der Geliebten, bekennt er, sei für ihn unterhaltsam gewesen. Zerknirscht schreibt er dem Mädchen: »Was ich für eine Figur gemacht habe, weiß ich am besten ...« – »Ich bitte Sie mir nicht mehr zu antworten, lassen Sie mir's durch meinem Freund sagen, wenn Sie noch etwas an mich haben sollten ... Ich mag Ihre Hand (Handschrift, d. A.) nicht mehr sehen, so wenig als ich Ihre Stimme hören mögte.«

Dem Mädchen, einer Leipziger Wirtstochter, ist's recht. Sie heiratet bald nach seiner Abreise. Goethe schickt ihr einige kleine Geschenke nach: einen rosa Fächer und ein Halstuch. An einen Freund schreibt er: »So kalt und ruhig, wie man nur am Morgen beim Erwachen nach einer wohldurchschlafenen Nacht sein kann, ist jetzt meine Seele, still, ohne Verlangen, ohne Schmerz, ohne Freude, und ohne Erinnerung.« Fast zwei Jahre hält dieser Zustand an. Der Enthusiasmus des von einer Krankheit nur langsam Genesenden reicht gerade, um mit einem Frankfurter Bürgermädchen ein wenig herumzuliebeln. Auch in Straßburg ist er ohne feste Bindung. Er flirtet ab und zu mit irgendeiner Stadtschönen. Das ist alles. Aber dann begegnet ihm die Sesenheimer Pfarrerstochter Friederike Brion.

Friederike Brion

Das sogenannte Falckische Friederikenbild, das man im Dr. Jerzembskyschen abschriftlichen Lenznachlass vorfand und von D. Th. Falck (aber auch in »Götz, Geliebte Schatten«, schon 1859) veröffentlicht worden ist. Es ist allerdings nicht gesichert, ob dieses Bild tatsächlich Friederike Brion zeigt.

Zum ersten Mal wird Goethes Liebes- und Leidensfähigkeit ernsthaft geprüft, als er im Elsass auf die Pfarrerstochter Friederike Brion trifft und sich in sie verliebt. Eine rührend traurige Geschichte entwickelt sich dort in dem kleinen, vor den Toren Straßburgs gelegenen Dorf Sesenheim, deren Fabel einer alten elsässischen Volksballade entlehnt sein könnte: Ein Mädchen, obgleich verlassen von ihrem Geliebten, hält diesem bis zu ihrem Tod die Treue.

Am Anfang dieser anrührenden Liebesgeschichte steht ein Idyll in romantischer Landschaft: verträumte Wälder, Wiesen, darüber Burgen am Ufer des nahen Rhein. »Jedes Bauernhaus mit Reben bis unters Dach … Himmelsduft, weich, warm und feuchtlich, man wird wie die Trauben reif und süß in der Seele«, schreibt Goethe. Das Sesenheimer Pfarrhaus ist ein gemütlicher alter Fachwerkbau. Eine Laube, mit Jasmin bewachsen, steht ein wenig abseits.

Im Vorgarten blühen Herbstblumen, als Goethe in der ersten Oktoberhälfte des Jahres 1770 bei den Brions einkehrt. Er hat sich verkleidet, das macht er gern. Er will der Pfarrersfamilie in abgewetzten Kleidern einen armen Kandidaten der Theologie vorspielen, um am nächsten Tag im maßgeschneiderten Rock und seidenen Strümpfen wie ein Märchenprinz um so strahlender zu gefallen. Sogar die Augenbrauen wird er mit einem geschwärzten Korken nachziehen, damit sein Gesicht einen kühnen Ausdruck erhält. Goethe kommt in Begleitung eines Freundes, des Medizinstudenten Weyland. Dieser ist mit den Brions verwandt und hat den Ausflug nach Sesenheim vorgeschlagen und vielleicht nicht einmal so ganz ohne Hintergedanken. Denn die Brions haben zwei Töchter im heiratsfähigen Alter: die eine, Maria Salomea, ist 20, Friederike etwa 18 Jahre alt.

Die beiden Mädchen sind noch nicht da, als die zwei jungen Männer ins Haus kommen. Der Pfarrer unterhält die Gäste. Goethe schreibt in »Dichtung und Wahrheit«: »Die Zutraulichkeit des Mannes hatte was Eigenes; er sprach zu mir, als wenn er mich zehn Jahre gekannt hätte ...« Die Mutter »schien mich mit ganz anderen Augen anzusehen ..., ihr Betragen war ruhig, frei, heiter und einladend«.

Dann endlich kommt Friederike. Die jüngere Tochter der Brions ist eine Schönheit. Nach Beschreibung von Zeitgenossen hat sie ein kindlich-vornehmes Gesicht, ist blond, hat blaue Augen, einen sehr schönen Busen, weiße Haut und ist mehr als mittelgroß. In Sesenheim hat sie die Grundschule besucht, in Straßburg wahrscheinlich eine höhere Bildungsanstalt. Friederike singt, spielt Klavier, spricht Deutsch und Französisch (letzteres war um 1770 in den Dörfern des Elsass eher die Ausnahme als die Regel). Für Goethe ist sie in seinen Erinnerungen ein sehr natürlicher Mensch und neben allen äußeren Vorzügen von großer innerer Schönheit. Einmal ist ihm, als ob er »in ihr Herz« sähe, »das ich höchst rein finden musste ... Und ich wiederholte mir die Vorzüge, die sie soeben aufs freieste vor mir entwickelte: besonnene Heiterkeit, Naivität mit Bewusstsein, Frohsinn mit Voraussehen; Eigenschaften, die unverträglich scheinen, die sich aber bei ihr zusammenfanden.«

Goethe verliebt sich sofort in das schöne Mädchen, sieht, als sie nachmittags ins Zimmer tritt, vor lauter Begeisterung die Sterne aufgehen und weiß überhaupt nicht so recht, wie ihm geschieht. Nur eines weiß er auf der Stelle: Die oder keine!

Wie fast alle Liebesgeschichten Goethes entwickelt sich auch diese mit atemberaubendem Tempo. Gerade von Sesenheim nach Straßburg zurückgekehrt, schreibt er an Friederike am 17. Oktober 1770: »Liebe, liebe Freundin! Ob ich Ihnen was zu sagen habe, ist wohl keine Frage, ob ich aber just weiß, warum ich eben jetzt schreiben will und was ich schreiben möchte, das ist ein anderes, soviel merk ich an einer gewissen innerlichen Unruhe, dass ich gern bei Ihnen sein möchte …« Er beendet den Brief mit »vielen aufrichtigen Empfehlungen Ihren teuren Eltern, Ihrer lieben Schwester, viel hundert … was ich Ihnen gerne wieder gäbe«. Wieder gäbe? Die beiden haben also schon am Tag, an dem sie sich kennen lernten, einen vertrauten Umgang gepflegt. Friederike hat sich nicht lange geziert und die Legende von Goethes geradezu beängstigender Keuschheit in Sesenheim, von ihm selbst in »Dichtung und Wahrheit« in Umlauf gebracht, ist nichts weniger als Wahrheit, sondern Dichtung.

Bereits Anfang November ist der junge Goethe wieder in Sesenheim, gegen Ende Dezember abermals und im Februar 1771 weilt die Familie Brion in Straßburg, sodass die beiden Liebenden sich täglich sehen können. Anfang März, zu Ostern, sitzt Goethe neben Friederike im Familiengestühl der Brions in der Sesenheimer Kirche. Im Dorf gelten die beiden nun bereits als verlobt. Im Mai nimmt er mit Friederike an den Festlichkeiten der elsässischen Maitagsbräuche teil, unter anderem auch an der Verlobungssymbolik. Von Mitte Mai an bleibt Goethe dann etwa fünf Wochen im Dorf und wohnt im Pfarrhaus, Tür an Tür mit Friederike. Und da kann er nicht anders, weil ihn »die Wonnen des Jünglings nächtig geweckt«, und muss sie im Schlaf beobachten und ein Gedicht – eines von der schlechteren Sorte übrigens – schreiben.

Die anderen seiner Sesenheimer Gedichte aber sind das Beste, was Goethe bis dahin als Lyriker geleistet hat: ursprünglich und kraftvoll. Einige werden später sogar zu Volksliedern. Den Seinen gibt's der Herr eben nicht nur im Schlaf, sondern auch, wenn sie wach, im Sesenheimer Nachtigallen-Wäldchen lustwandeln, die Geliebte im Arm, oder bei Wanderungen übers Land. Und da bricht dann irgendwann der »Knab das Röslein«. Die auf Goethe immer befreiend wirkende Natur, die Pfarrersfamilie, die ihn aufnimmt, als gehöre er schon ewig dazu, das Leben der Dorfgemeinschaft mit seinen Kindstaufen und Hochzeiten, an dem er ganz selbstverständlich teilnehmen kann, haben ihn die steife Bürgerwelt des 18. Jahrhunderts rasch vergessen lassen. In Sesenheim lebt er Rousseau, hier ist alles natürlich. Auch der Umgang der Geschlechter in den Dörfern gestaltet sich viel freier als in den Städten.

Das Pärchen Goethe–Friederike bleibt unbeaufsichtigt. Einmal fahren die beiden allein in einem Boot rheinaufwärts in die Wantzenau, wo sie sich auf einer

Insel niederlassen. Nach einiger Zeit aber werden sie von den Rheinschnaken vertrieben, was Goethe in »Dichtung und Wahrheit« zu dem Gleichnis von der Vertreibung des »sündigen Ehepaares« aus dem Paradies veranlasst. Auch dieses sei wahrscheinlich nicht von einem Engel mit flammendem Schwert, sondern von den Schnaken an Euphrat und Tigris verjagt worden, heißt es dort. Der alte Brion soll darauf bloß lächelnd erwidert haben, dass die Schnaken ja erst nach dem Sündenfall vom Herrn geschaffen worden wären. Danach also! Anstoß an den vorehelichen Vergnügungen der beiden Liebenden scheinen also weder der Vater noch die Mutter Friederikes genommen zu haben. Es galt offenbar als abgemacht, dass Goethe das Mädchen, nachdem er es »heimgesucht« hatte, auch heimführen würde.

Seinem Straßburger Freund und Mentor Salzmann schreibt Goethe, dass er sich endlich in den Feengärten befinde, nach denen er sich immer gesehnt habe. Gleichzeitig aber kommen dem jungen Liebenden erste Bedenken. In »Dichtung und Wahrheit« erinnert der Dichter sich: »Mein leidenschaftliches Verhältnis zu Friederike hatte begonnen mich zu ängstigen … Wenngleich die Gegenwart Friederikes mich ängstigte, so wusste ich doch nichts angenehmeres, als abwesend an sie zu denken und mich mit ihr zu unterhalten. Ich kam seltener hinaus (nach Sesenheim), aber unsere Briefe wechselten desto lebhafter … Die Abwesenheit machte mich frei und meine ganze Zuneigung blühte erst recht auf durch die Unterhaltung in der Ferne.« Die zu große Nähe der Geliebten, einer anderen selbstständigen

Existenz, die auf ihn wirkte, ja, die von ihm Besitz ergriff, bedeutete für Goethe eine beängstigende Einengung. Doch nach einer Zeit der Abstinenz wiederum fehlte ihm das geliebte Mädchen auch. Und aus diesem neurotischen Zwiespalt kommt er schon als junger Mann nicht heraus. Diese seine Neurose, die er sich wohl unter dem Einfluss des pietistischen Fräulein von Klettenberg und seiner Schwester Kornelia zugezogen hat, wird Goethe später als Dichter allerdings als einen unverzichtbaren Quell schriftstellerischer Produktivität pflegen.

In Sesenheim aber ist er noch nicht so weit. Hier wird ausschließlich und noch ohne »Nützlichkeitsdenken« gelitten, wird zunächst in Gedichten eine gemeinsame Zukunft mit Friederike Brion beschworen: »Reich mir deine liebe Hand / Und das Band, das uns verbindet, sei kein schwaches Rosenband.« In den Versen: »Jetzt fühlt der Engel …« heißt es: »Du gabst mir, Schicksal, diese Freude. Nun laß auch morgen sein wie heute, Und lehr' mich, ihrer würdig sein.« Das sind ernste, ja feierliche Töne. Aber da ist auch bereits die Sorge zu spüren, dass er seinem Glück nicht gewachsen sein könnte und es »morgen« vielleicht schon nicht mehr so ist wie »heute«. In »Willkommen und Abschied« wird das Ende des Idylls beschrieben: »Doch ach, schon mit der Morgensonne, verengt der Abschied mir das Herz …«

An Salzmann schreibt Goethe am 17. Mai 1771: »Leben Sie vergnügt biss ich Sie wieder sehe. In meiner Seele ist es nicht ganz heiter, ich binn zu sehr wachend, als das ich nicht fühlen sollte, dass ich nach Schatten greife …« Und am 29. Mai 1771, wiederum aus Sesenheim: »Und doch wenn ich sagen könnte: ich bin glücklich, so wäre das besser als das alles. Wer darf sagen ich binn der unglückseeligste sagt Edgar. Das ist auch ein Trost lieber Mann. Der Kopf steht mir wie eine Wetterfahne, wenn ein Gewitter heraufzieht und die Windstöße veränderlich sind.« Sesenheim, 5. Juni 1771: »Ein paar Worte ist doch immer mehr als nichts. Hier sitz ich zwischen Tür und Angel … Die Welt ist schön! So schön! Wer's geniessen könnte. Ich binn manchmal ärgerlich darüber und manchmal halte ich mir erbaulicher Erbauungsstunden über das Heute, über diese Lehre, die unserer Glückseeligkeit so unentbehrlich ist …« Sesenheim, 17. Juni 1771: »Nun wäre es wohl bald Zeit, dass ich käme, ich will auch, aber was will das Wollen gegen die Gesichter um mich herum. Der Zustand meines Herzens ist sonderbar, und meine Gesundheit schwankt wie gewöhnlich durch die Welt, die so schön ist als ich sie lange nicht gesehen habe …«

Goethes Gesundheit schwankt und seine Seele schwankt auch. Friederike weiß von diesen seinen Schwankungen und seit Ende Mai ist sie krank vor Kummer, wie Goethe an Salzmann berichtet: »Die Kleine fährt fort traurig kranck zu seyn.« In naiver Hilflosigkeit bestellt er bei Salzmann ein paar Pfund Konfekt und glaubt, dass er dann »süßere Mäuler« um sich haben wird, »als wir seit einiger Zeit Gesichter zu sehen gewohnt sind«. Anfang August reist er nach Frankfurt ab, bringt es aber nicht fertig, dem Mädchen zu sagen, dass nun alles vorbei ist. Friederike Brion hat vielleicht noch letzte Hoffnungen, weiß aber im Grunde Bescheid. Goethe schreibt in »Dichtung und Wahrheit« über diese Zeit des Abschieds: »Es waren peinliche Tage, deren Erinnerung mir nicht geblieben ist.« Statt dieser Erinnerung, der peinlichen, bietet er eine lesenswerte Geschichte an, die sein eigenes Unglück und das des Mädchens nicht mit seiner Neurose, sondern mit dem Einfluss dämonischer Kräfte erklärt. Eine gewisse Lucinde, Tochter eines Straßburger Tanzmeisters, hatte Goethe, bevor er Friederike Brion kennen lernte, geküsst und, da er sie abwies, seine Lippen verflucht: »Unglück über Unglück« solle über diejenige kommen, die diese Lippen nach ihr küsst. Die nächste, die das dann tat, war die arme Friederike, und damit war es auch schon um sie geschehen: Nun erfüllte sich der Fluch an ihr. Goethe schildert an dieser Stelle auch, wie sehr er sich dagegen gesträubt habe, als Schubiak dazustehen, der junge, unschuldige Pfarrerstöchter mit Verwünschungen infiziert. Doch das Schicksal war letztendlich eben stärker, es küsste mit, und dagegen war er machtlos.

Von Frankfurt aus teilt Goethe Friederike Brion mit, dass er sich endgültig von ihr getrennt habe. »Die Antwort Friederikens zerriß mir das Herz … hier war ich zum ersten Mal schuldig geworden; ich hatte das schönste Herz in seinem Tiefsten verwundet …« (›Dichtung und Wahrheit‹). Einige Jahre später schreibt er an Frau von Stein in Erinnerung an die Trennung von Friederike Brion: »… ich mußte sie in einem Augenblick verlassen, wo es ihr fast das Leben kostete.« Fast das Leben kostete! Wenn der Liebhaber Goethe heißt, muss offenbar mit dem Schlimmsten gerechnet werden. Eine der schönsten Liebesgeschichten seit Romeo und Julia ist da im Sommer 1771 in Sesenheim zu Ende gegangen, tragisch, wie es sich gehört. Nun ist Goethe frei und zu neuen Abenteuern bereit. Doch bevor er sich in die nächste Affäre stürzt, schreibt er noch ein Gedicht für die Brion. Es entsteht im Herbst 1771 in Frankfurt und ist das letzte seiner Sesenheimer Lieder.

»Ein grauer, trüber Morgen
Bedeckt mein liebes Feld;
Im Nebel tief verborgen
Liegt um mich her die Welt.
O liebliche Friedrike
Dürft ich nach dir zurück
In einem deiner Blicke
Liegt Sonnenschein und Glück.

Der Baum, in dessen Rinde
Mein Nam' bei deinem steht,
Wird bleich vom rauhen Winde,
der jede Lust verweht.
Der Wiesen grüner Schimmer
Wird trüb wie mein Gesicht:
Sie sehn die Sonne nimmer
Und ich Friedriken nicht.

Bald geh' ich in die Reben
Und herbste Trauben ein;
Umher ist alles Leben,
Es strudelt neuer Wein.
Doch in der öden Laube
Ach denk' ich, wär' sie hier!
Ich brächt' ihr diese Traube,
Und sie, – was gäb' sie mir?«

Dieser Versuch, sich seiner Gewissensbisse schreibend zu entledigen, misslingt. Goethe empfindet in jenem Spätherbst 1771 bis ins Frühjahr 1772 hinein eine »düstere Reue«, die aber vor allem wegen »des Mangels einer gewohnten erquicklichen Liebe höchst peinlich, ja unerträglich« gewesen sei. Das ist ehrlich und erschreckend gefühlskalt zugleich.

Noch oft wird er versuchen, sich Friederike Brion von der Seele zu schreiben. So trägt jeweils die Marie im »Götz« und im »Clavigo« Züge von ihr und natürlich das Gretchen im »Faust«. Über seinen alten Freund Salzmann lässt er ihr 1771/72 das Gedicht »Ein grauer trüber Morgen«, seine Ossian-Übersetzung und einige Kupferstiche zukommen. 1773 erhält Friederike wiederum über Salzmann den »Götz von Berlichingen«, allerdings ohne die für den Straßburger Freund bestimmten Zeilen, dass »die arme Friederike sich einigermaßen getröstet finden wird, wenn der Untreue (Weißlingen) vergiftet wird«.

Im Herbst 1775, in Heidelberg, bekommt Goethe, der soeben seine Affären mit Charlotte Buff und Lili

Schönemann gehabt hat, plötzlich Sehnsucht, nicht etwa nach Lili, unter deren Fenster er noch vor wenigen Tagen mit Tränen in den Augen gestanden haben will, sondern nach Friederike Brion, denn ihm läuft ein Mädchen über den Weg, das »ähnelte Friederiken. Es war gerade die Zeit der Weinlese, das Wetter schön und alle die elsässischen Gefühle lebten … in mir wieder auf« (Dichtung und Wahrheit). Wie lästig – war Goethe doch gerade in Aufbruchstimmung. Nach Italien sollte es gehen oder nach Thüringen. Egal wohin, nur nicht zurück. Erinnerungen kann er jetzt nicht gebrauchen.

Aber Goethe kann sich seiner Erinnerungen nur für kurze Zeit entledigen. Kaum ist er ein Jahr in Weimar, erscheint Lenz bei ihm. Der Verfasser des »Hofmeister« ist eine ehrliche Haut, aber nicht so ganz von dieser Welt. Von Goethe verlangt er allen Ernstes, dass der die Brion nun endlich heiraten solle. Lenz hatte ihr im Sommer 1772 selbst einen Antrag gemacht, war aber von Friederike abgewiesen worden. In seinem Gedicht »Die Liebe auf dem Lande« schildert er, wie er die Verlassene vorgefunden hatte:

»… still und bleich,
vor Kummer krank doch Engeln gleich.
Sie hielt im halberloschnen Blick
noch Flammen ohne Maß zurück
all itzt in Andacht eingehüllt
schön wie ein marmorn Heilgenbild,
war nicht umsonst so still und schwach

verlassne Liebe trug sie nach.
In ihrer kleinen Kammer hoch
sie stets an der Erinnerung sog …
und immer, immer, immer doch
schwebt ihr das Bild an Wänden noch
von einem Menschen, welcher kam
und ihr als Kind das Herze nahm.«

Goethe hält sich die Ohren zu. Die Unglückliche hatte sich offenbar im wahrsten Sinne des Wortes mit ihm vereint und lebte nun mit diesem imaginären Teil ihres Ichs, der Goethe hieß, traumatisch weiter. Der unbequeme Lenz muss Weimar verlassen, nachdem er dem Meister auch noch bei Charlotte von Stein in die Quere kommt.

Nach Lenzens Abreise verblassen Goethes Erinnerungen an Sesenheim. Erst im August 1779, als er aus Anlass seines 30. Geburtstages eine recht unbefriedigende Bilanz seines bisherigen Lebens zieht, kommt ihm Friederike und dann auch Lili Schönemann wieder in den Sinn. Lili lebt jetzt in Straßburg, von Sesenheim nur zwei Dutzend Kilometer entfernt, und da gerade die Schweizer Reise mit Herzog Karl August bevorsteht, wäre die Gelegenheit für ein klärendes Gespräch mit beiden Frauen günstig, denn der Reiseweg führt durch das Elsass. Bei Salzmann hat sich Goethe wahrscheinlich über die Lebensumstände von Lili und Friederike informiert. Lili dürfte demnach das kleinere Problem für ihn gewesen sein, denn sie ist nun verheiratet. Friederike aber ist immer noch ledig. Sie ist 1779 27 Jahre alt und, da Mädchen damals bereits mit 16, spätestens mit 20 Jahren heirateten, auch kaum noch unter die Haube zu bringen. Das aber wird, selbst wenn es für Friederike nicht von Belang gewesen sein sollte, zumindest den Eltern Brion Sorgen bereitet haben, denn Frauen der gesellschaftlichen Mittelschicht sicherten sich ihren Lebensunterhalt in der Regel durch Heirat. Am 24. September 1779, Sesenheim ist schon fast in Sichtweite, schreibt Goethe der Stein verzagt: »Auf diesem Wege rekapituliere ich mein ganz vorig Leben, sehe alte Bekannte wieder, Gott weis, was sich am Ende zusammen summieren wird«, und ist heilfroh, als Friederike ihm am nächsten Tag verzeiht und ihre Eltern »treuherzig« sind.

Wie diese Absolution zustande kam, ist jedoch unerfindlich. Goethe schreibt der Stein am 28. September zwar, dass Friederike nichts unternommen hätte, um »alte Gefühle« bei ihm zu wecken. Tatsächlich aber ist genau das Gegenteil der Fall. Sie unternimmt so ziemlich alles, was sie unternehmen kann, um »alte Gefühle« bei ihm zu wecken. Zunächst wird er nicht ins Wohnzimmer, sondern in die alte, erinnerungsträchtige Liebeslaube expediert. Eine Kutsche wird besichtigt, die er vor acht Jahren – war das ein Spaß gewesen – mit einer misslungenen Bemalung versehen hatte. Nachbarn werden herbeigerufen und freuen sich, ihn wiederzusehen. Einer will sich sogar noch vor acht Tagen nach ihm erkundigt haben. Schließlich werden »alte Lieder die ich gestiftet hatte« (Brief an Ch. von Stein, 28.9.1779) hervorgeholt. Es sind sieben oder acht. Man hat sie später im Nachlass von

Friederike gefunden, darunter auch jenes lyrische Eheversprechen Goethes mit dem Titel »Mit einem gemalten Band«. Das alles drückt ihm die junge Frau in die Hand, zur freundlichen Kenntnisnahme. Zu guter Letzt wird ihm dann noch ein Beweis ihrer Treue zuteil. Sie erzählt von Lenz, der im Jahr zuvor noch einmal in Sesenheim erschienen und abermals von ihr abgewiesen worden war. Von Briefen ist auch die Rede. Von Goethes Briefen an Friederike, die habe Lenz dem Mädchen »abschwatzen« wollen, um Goethe damit »in der öffentlichen Meynung und auch sonst zugrunde zu richten«. Gegen Ende des Abends muss Friederike aber dann ihre Versuche, »alte Gefühle« durch Erinnerungen an Vergangenes und durch Mitteilungen über Gegenwärtiges zu wecken, aufgegeben haben. Sie hat ihn am nächsten Morgen mit freundlichem Gesicht verabschiedet, sodass er »wieder mit Zufriedenheit an das Eckgen der Welt hindencken, und in Frieden mit den Geistern dieser Ausgesöhnten … leben kann« (Brief an Ch. von Stein, 28.9.1779).

In Straßburg ist für Goethe dann erwartungsgemäß alles einfacher als in Sesenheim. Lili trägt ihm nichts nach. Er hat beim Abschied die schönsten Empfindungen und schaut nun mit »ätherischer Wollust« auf die beiden Frauen wie auf »ein Land in dessen Gegenden man von einem hohen Berge oder im Vogelflug schaut« (Brief an Ch. von Stein, 28.9.1779). Diesem Blick aus der Höhe seiner neu gewonnenen Freiheit folgen von den Gipfeln der Schweizer Alpen pittoreske Landschaftsbeschreibungen, Überlegungen zur Ethik und Selbstanalysen.

Er hat »große Gedanken, die dem Jüngling ganz fremd sind« (Brief an Lavater, 3.11.1779), aber er hat auch wieder die bekannten, die des Jünglings, und lässt sich in Genf von einer Kupplerin ein junges Mädchen zuführen, das sich vor ihm entkleiden muss. Das Mädchen, offenbar etwas korpulent, missfällt und Goethe entrüstet sich: »Was sehen wir an den Weibern!« Ein kleiner Schuh mache eben keinen zierlichen Fuß, und wenn die Korsage falle, sei auch die schönste Taille dahin. Alles nur Blendwerk, was da so rank und schlank um die Männer herumtanze. In Lausanne wieder eine Frau. Diesmal aber eine Dame von Welt und die ist, egal ob mit oder ohne Korsett, eine der schönsten Frauen jener Zeit: Maria Antonia von Branconi. Goethe preist überschwänglich ihre Schönheit, ihren Geist und ihre Offenherzigkeit. Die Branconi genießt seine große Bewunderung und ist als ledige Frau einer Verbindung nicht abgeneigt. Ein Mann wie Goethe, gutaussehend, charmant, vermögend, in guter Position, wäre genau der Richtige für sie. Bereits im Sommer 1780 wird sie ihn in Weimar besuchen. Danach macht sie in Frankfurt seiner Mutter ihre Aufwartung. 1783 ist Goethe bei ihr auf Gut Langenstein im Harz und man vereinbart, sich in Göttingen oder Kassel wieder zu treffen. 1784 ist Goethe abermals bei der Branconi zu Gast und auch 1779, in der Schweiz, war es zu einer weiteren Begegnung der beiden gekommen.

Im Januar 1780 ist Goethe wieder in Weimar. Er vermisst die große Freiheit der Schweizer Berge und die kleinen Freiheiten in den Städten der Alpenrepublik.

Sesenheim hingegen ist nun völlig vergessen. Umso überraschter wird er gewesen sein, als ihm ein Brief Friederike Brions ins Haus flattert. Am 13. März 1780 notiert er in seinem Tagebuch: »Guter Brief von Riekgen B.« Es ist der letzte nachgewiesene Kontakt zwischen ihm und der Brion. 1786, vor seiner Reise nach Italien, vernichtet er all ihre Briefe. Seine eigenen Briefe aus dieser Zeit an Salzmann blieben jahrelang unangetastet, da Goethe sie nicht besitzt. Diese Briefe werden erst Jahre nach Salzmanns Tod von dem Straßburger Schriftsteller Engelhardt entdeckt.

Als Engelhardt einen Band »Goethes Jugenddenkmale im Elsass« herausgeben möchte, bittet er den großen alten Meister in Weimar darum, sie veröffentlichen zu dürfen. Goethe lehnt sofort ab und schreibt an Engelhardt: »Wie ich meinen Aufenthalt in Straßburg und Umgebung (in ›Dichtung und Wahrheit‹) darzustellen gewußt, hat allgemeinen Beifall gefunden und ist diese Abteilung wie ich weiß, immerfort mit besonderer Vorliebe von sinnigen Lesern bedacht worden. Diese gute Wirkung muß durch eingestreute unzusammenhängende Wirklichkeiten gestört werden.« Und er wird im Ton sogar noch energischer: »Was die angesagten Papiere betrifft, so kann ich zu deren Publikation meine Einwilligung nicht geben, ja ich muß förmlich dagegen protestieren.« Schließlich gerät Goethe völlig aus der Fassung und versucht, Engelhardt zu bestechen, indem er ihm »einen wohlgeformten, inwendig vergüldeten Becher« anbietet. »Jenen bin ich erbötig, Ihnen zu withmen, und zwar so, daß der Name des Empfängers und des

Gebers ... drauf erscheinen.« Er hat Glück. Engelhardt lässt die Finger von seinem Vorhaben. Der Becher muss nicht abgesandt werden und die Salzmann-Briefe werden bis auf wenige von den Nachfahren der Familie Brion vernichtet.

Diese Briefe und die der Brion an Goethe werden bald bitter fehlen. Denn nach seinem Tod bricht ein unsinniger Streit um das Sesenheimer Liebesidyll aus, der von einigen Dutzend Germanisten mit geradezu grotesker Erbitterung geführt wird. Der Streit bekommt sogar eine politische Dimension, als deutsche Wissenschaftler die Küsse, die Goethe mit der Brion gewechselt hat, zum Verlobungskuss zwischen Deutschland und dem Elsass erklären. In Frankreich gibt es wütende Proteste, die Teutonen wollten das heilige Frankreich anrühren, heißt es. Die Deutschen nennen die Franzosen freche Okkupanten, gegenseitig wirft man sich Nationalismus vor. Aber auch die Deutschen selbst liegen sich in den Haaren, einige Goetheforscher wurden von »ultramontanem Haß gegen Deutschland« geleitet, heißt es. Größer jedoch ist der Schaden, den das Andenken Friederike Brions in dem etwa 100 Jahre andauernden Streit erleidet. Die einen reden ihr ein Kind in den Bauch, andere wieder schwören Stein und Bein, dass der Brion die Jungfernschaft bis zum Ableben erhalten geblieben sei. Jeder bleibt bei seiner Meinung. Goethe wird im Nachhinein zum Vater gemacht. Als das widerlegt wird, heißt es, ein katholischer Geistlicher habe das Vergnügen gehabt, »das schönste Mädchen des Elsaß« zu schwängern. Das stimmt dann zwar auch nicht, aber das

Kind bleibt der Brion trotzdem erhalten. Sie avanciert damit zur zweiten Frau in der Menschheitsgeschichte, der die unbefleckte Empfängnis zuteil wird.

Zum Glück muss sie selbst das ganze Theater um ihre Person und um Goethe nicht mehr erleben. Sie hat es ohnehin schwer genug gehabt. Nachdem im April 1786 die Mutter und im Oktober 1787 der Vater sterben, muss sie mit ihrer jüngeren Schwester Sophie das Pfarrhaus in Sesenheim räumen. Die beiden jungen Frauen stehen buchstäblich auf der Straße. Ihr Bruder Christian, der in Rothau/Elsass eine Pfarrstelle hat, nimmt die Schwestern zwar in sein Haus auf, aber für ihren Lebensunterhalt müssen sie selbst sorgen. Friederike und Sophie verkaufen auf Märkten Töpferei- und Webwaren. Im Rothauer Kirchenbuch ist Friederike Brion fünfmal als Taufpatin verzeichnet. Beruf: »marchande« (Krämerin) oder »négociante« (Händlerin). Von Rothau zieht sie 1802 zu ihrer älteren Schwester Maria Salome, die in Diersburg mit dem Pfarrer Gottfried Marx verheiratet ist. Einige Zeit führt sie einem Notar, dem die Frau gestorben ist, den Haushalt. 1805 zieht sie dann mit der Familie Marx ins badische Meißenheim bei Lahr, hilft der erkrankten Schwester bei der Kindererziehung und im Haushalt und kümmert sich auch um die Armen und Kranken des Ortes. Wegen ihrer Hilfsbereitschaft, Freundlichkeit und ihres Sanftmutes nennt man sie im Dorf »die Engelhafte«.

Goethe heiratet 1806 seinen Bett- und Küchenschatz Christiane Vulpius. Sein Herzog hat sich auch ein festes Verhältnis zugelegt, die Schauspielerin Jagemann. Er macht mit Goethe schon lange nicht mehr die Thüringer Dörfer unsicher, die Dorfschönheiten bleiben unbehelligt. Die beiden Herren leiden inzwischen an Rheuma und lieben es, bequem zu lieben. Unbequem, aber fruchtbar ist der Streit der beiden Seelen in Goethes Brust, Faust und Mephisto. Die sind nicht rheumatisch und befehden sich, wie in seinen jungen Jahren, heftig. Literarisch ist er mit ihnen 1808 zur Hälfte fertig. »Faust I« erscheint und Erinnerungen an Friederike Brion, das Gretchen, sind unvermeidlich. 1809 ist wieder ein Arbeitsjahr. Er beendet die »Wahlverwandtschaften« und entwickelt Pläne für seine Autobiografie, deren 1. Teil 1811 erscheint. Im gleichen Jahr beginnt er mit der Arbeit am zweiten Band.

Die Jugendjahre im Elsass gehören dazu. Schreibend durchlebt er noch einmal das Ende in Sesenheim, erinnert sich der Tage, die ihm so peinlich sind, dass er die Einzelheiten besser verschweigt. Um sich nicht allzu sehr zu strapazieren, schreibt Goethe an seinen Lebenserinnerungen nur, wenn er guter Laune ist. In einem Brief an seinen Freund Zelter erklärt er dies so: »Meine Heiterkeit bewahre ich mir hauptsächlich für die biographischen Stunden, damit sich in die Reflexionen, die doch einmal angestellt werden sollen, nichts Trübes und Unreines mischt.« Es ist erstaunlich, woran er sich auch jetzt noch erinnert, wenn er nur will. Selbst Nebensächliches ist ihm im Gedächtnis geblieben, so beispielsweise eine Predigt, die der alte Brion zu Ostern 1771 gehalten haben soll und die Goethe etwas »trocken« erschienen war. Die Brion ist 1811, als er sich ihr in Gedanken wieder nähert, etwa 57 Jahre alt und verbraucht. Goethe, der gerade ihre Heiterkeit in »Dichtung und Wahrheit« beschreibt, würde erschrecken, wenn er sie denn träfe. Diese Frau lacht schon lange nicht mehr.

Für unglückliche Liebesgeschichten hat Friederike Brion nun nur noch bittersüße und abgeklärte Bemerkungen. Einem Neffen, der gerade Liebeskummer hat, schreibt sie: »Es sind Andere da, mit denen Du Dich trösten kannst – und das könnt ihr jungen Herren ja so leicht.« Zu Beginn des Jahres 1813 wird sie krank. Am 22. Februar, zur Hochzeit ihrer Nichte Cleopatra Friederike Marx mit dem Theologen Andreas Fischer sagt sie zu ihrer Schwester Sophie: »Schwester, ich lebe nicht mehr lang. Mein Feierabend ist da.« Sie stirbt unverheiratet am 3. April 1813 an Auszehrung.

Goethe kann über Friederike bereits 1807 etwas erfahren haben, denn da besuchte ihn in Weimar der Straßburger Daniel Schneegans. Der war nicht nur mit Lili von Türckheim verwandt, die einiges aus dem Leben der Sesenheimer Pfarrerstochter wusste, sondern er unterhielt ebenfalls freundschaftliche Beziehungen zum Straßburger Zweig der Familie Brion. Auch der badische Dichter Johann Peter Hebel, mit dem sich Goethe 1815 in Karlsruhe traf, könnte ihm über Friederike berichtet haben. Hebel war ein guter Bekannter von Friederikens Schwager Marx, dem Meißenheimer Pfarrer, und mit Jonas Böckel befreundet, dessen Schwester mit Christian Brion, dem Bruder von Friederike, verheiratet war. Nachweislich erhält Goethe von einem Professor Näke aus Bonn Informationen über Friederike Brion. Auf den Spuren des Dichters hatte der Professor 1822 eine »Forschungsreise« nach Sesenheim unternommen, von angeblichen sittlichen Verfehlungen Friederikes erfahren – unter anderem ist von Untreue die Rede – und das Ergebnis seiner Recherchen nach Weimar gesandt.

Goethe wird den Bericht des Professors mit einiger Verwunderung gelesen haben. In seiner Antwort an Näke hält er sich bedeckt. Konkretes ist von ihm nicht zu erwarten. Er spricht in eigener Sache. »Um über die Nachrichten von Sesenheim meine Gedanken kürzlich auszusprechen, muß ich mich eines allgemein-physischen, im Besonderen aber aus der Entoptik hergenommenen Symbols bedienen, es wird hier von wiederholten Spiegelungen die Rede sein.« Nachdem er erklärt hat, dass die wirkliche Friederike Brion nicht dem idealisierten »Nachbild« entspricht – »Dieses Nachbild strahlt nach allen Seiten ... und ein schönes edles Gemüt mag an dieser Erscheinung, als wäre sie Wirklichkeit, sich entzücken ...« –, reflektiert er ein neu gewonnenes Bild des Mädchens in himmlische Weiten. »Bedenkt man nun, daß wiederholte sittliche Spiegelungen das Vergangene nicht allein lebendig erhalten, sondern sogar zu einem höheren Leben emporsteigen, so wird man der entoptischen Erscheinungen gedenken, welche gleichfalls von Spiegel zu Spiegel nicht etwa verblassen, sondern sich erst recht entzünden, und man wird ein Symbol gewinnen dessen, was in der Geschichte der Künste und Wissenschaften, der Kirche, doch wohl auch der politischen Welt, sich mehrmals wiederholt hat, und täglich wiederholt.«

Wie nahe ihm die Brion wieder ist, klingt in dem Satz an, Friederike könne nun »ungeachtet alles irdischen Dazwischentretens sich auch wieder in der Seele des alten Liebhabers nochmals abspiegeln und demselben eine holde, werte, belebende Gegenwart lieblich erneuen«. Das schreibt Goethe 1823, in einem für ihn schicksalhaften Jahr, denn er verliebt sich ein letztes Mal. Die Auserwählte heißt Ulrike von Levetzow, ist fast noch ein Kind und führt ihn ganz unbewusst ein Menschenalter zurück in seine Jugend. Sesenheim wird ihm abermals gegenwärtig, mit all dem Glück des Anfangs und all dem Unglück des Endes.

Charlotte Kestner (Buff)

Nach einem Pastellbild von Joh. Heinr. Schröder, 1782.
(Im Besitze von Helene Baronin Wrangel, Freiburg i. Br.)

Die 18-jährige Charlotte Buff aus Wetzlar entspricht dem Frauentyp, den Goethe bevorzugt: Sie ist blond, blauäugig, zierlich, keine Schönheit zwar, aber immerhin guter Durchschnitt. Man sagt ihr viel Sinn fürs Häusliche nach. Dass sie bereits mit dem Legationssekretär Kestner verlobt ist, hindert Goethe nicht daran, ihr den Hof zu machen. Er liebt das Spiel mit dem Feuer, und fast gelingt es ihm sogar, dem Mädchen den Kopf zu verdrehen, was sie 40 Jahre später, als sie Goethe in Weimar als verwitwete Hofrätin Charlotte Kestner wiedersieht, selbst nicht so recht verstehen kann. An einen ihrer Söhne schreibt sie im September 1816: »Von dem Wiedersehen des großen Mannes habe ich Euch wohl noch nichts gesagt: Viel kann ich auch nicht darüber bemerken. Nur soviel, ich habe eine neue Bekanntschaft von einem alten Mann gemacht, welcher, wenn ich nicht wüßte, daß er Göthe wäre und auch danach, hat er keinen angenehmen Eindruck auf mich gemacht«. Dabei hat Goethe sich extra fein herausgeputzt, hat Orden und Stern angelegt und Sprache und Gestik der Garderobe angepasst, um sich der Charlotte Kestner in seiner ganzen Pracht und Würde zu präsentieren – oder um sich dahinter zu verstecken. Er kann die Maskerade selbst im Alter nicht lassen.

Damals, im Sommer 1772 in Wetzlar, gab er die Rolle des »Jungen Genies«, wild, geistreich, manchmal sentimental. Selbst die Kulisse hat er sich passend dazu ausgesucht: ein ländliches Idyll in Garbenheim, ähnlich dem elsässischen in Sesenheim. Sein Faible fürs ländliche, einfache Leben wird einige Jahre später in Weimar

zu wilden Ritten durch die Thüringer Berge führen, gemeinsam mit Herzog Karl August, Übernachtungen in Heuschobern und Nacktbaden am frühen Morgen in der Ilm. In Garbenheim liegt er aber noch bekleidet mit blauem Frack, gelber Weste und Stulpstiefeln unter einem Baum und führt Dialoge mit einem Stoiker und einem Epikureer. So jedenfalls lernt ihn Kestner kennen, der an seinen Freund August von Hennings schreibt, Goethe »hat sich nachher darüber gefreut, daß ich ihn in einer solchen Stellung kennengelernt«.

Goethe mag die Selbstdarstellung, das Posieren vor Freunden und Bekannten. Er ist immer, bis ins hohe Alter hinein, in sich selbst verliebt. In den »Leiden des jungen Werther« bekennt er, dass er es einfach nicht begreifen könne, wie Charlotte »überhaupt einen anderen liebhaben darf« außer ihm und ist außer sich vor Freude, als er glaubt, festgestellt zu haben, dass sie ihn liebt. »Und wie wert ich mir selbst werde …, wie ich mich selbst anbete, seitdem sie mich liebt«. Wie solche Zeilen auf die beiden Kestners gewirkt haben, als das Buch erschien, ist leicht vorzustellen. Kestner schreibt im November 1774: »Im ersten Theil des Werthers ist Werther Goethe selbst. In Lotte und Albert, hat er von uns, meiner Frau und mir Züge entlehnt … Lotte hat aber z. B. weder mit Goethe, noch mit sonst einem anderen, in dem ziemlich genauen Verhältnis gestanden, wie da beschrieben ist; Dieß haben wir ihm sehr übel zu nehmen … Es ist wahr, er hielt viel von meiner Frau; aber darin hätte er sie getreuer schildern sollen, daß sie viel zu klug und zu delikat war, als ihn einmal so weit kommen zu lassen, wie im ersten Theile enthalten.« Sind auch die Kestners verständlicherweise vom »Werther« nicht sonderlich begeistert – das Buch wird ein überwältigender Erfolg und begründet Goethes Ruhm als Romancier.

Sein Leiden in Wetzlar ist ihm also nicht weniger nützlich als das im Elsass. Aber anders als in Sesenheim werden in Wetzlar, im Schwebezustand zwischen Begehren und Erfüllung, die Liebesqualen genussvoll ausgekostet. Ein einziges Mal küsst er das »liebe Lottgen«, zu mehr kommt es nicht. Danach lebt Goethes Liebe vom Duft der Haut des Mädchens und davon, dass ihn gelegentlich ihr Atem streift. Ja, es genügt ihm, sich ihr in Gedanken zu nähern. Diese »körperlose« Liebe ist allerdings nicht der Zurückhaltung Goethes, sondern der simplen Tatsache zuzuschreiben, dass das »liebe Lottgen« nicht mehr zulässt. Kestner zweifelt an der Standfestigkeit seiner Jungfer. Warnend schreibt er ihr: »Als Freund muß ich Ihnen sagen, daß nicht alles Gold ist, was glänzt, daß man sich auf die Worte, welche vielleicht aus einem Buch nachgesagt werden, weil sie glänzend sind, nicht verlassen kann.«

Goethe reizt Kestner allerdings auch über alle Maßen. Kaum, dass der aus dem Haus ist, um seiner Arbeit nachzugehen, sitzt der reiche Frankfurter Müßiggänger bei seiner Lotte oder er geht mit ihr spazieren. An Kestner schreibt er: »… heute war ich in Altspach. Und morgen gehen wir zusammen … Inzwischen war ich da, hab Ihnen zu sagen, daß Lotte heute nacht sich am mondbeschienenen Tag innig ergötzt und Ihnen eine gute Nacht sagen wird … Morgen früh trinken wir Kaffee unterm Baum in Garbenheim, wo ich heute Nacht im Mondschein aß. Allein – doch nicht allein.« Kestner verschlägt's allerdings so schnell nicht den Atem. Er reagiert, wie es offenbar seine Art ist, nämlich nachdenklich. »Es entstanden bey mir innerliche Kämpfe, da ich auf der einen Seite dachte, ich möchte nicht im Stande seyn, Lottchen so glücklich zu machen als er, auf der anderen Seite aber den Gedanken nicht ausstehen konnte sie zu verlieren.« Dem Rivalen gibt er zu verstehen, dass er sich bei Lotte gefälligst keine Schwachheiten einbilden solle. So ist in Kestners Tagebuch zu lesen: »Am 15. August kam Goethe abends um 10 Uhr und fand uns vor der Tür sitzen. Seine Blumen wurden gleichgültig liegen gelassen. Er empfand es, warf sie weg, redete in Gleichnissen … Den 16. bekam Goethe von Lottchen gepredigt. Sie deklarierte ihm, dass er nichts als Freundschaft hoffen dürfe, er ward blaß und sehr niedergeschlagen«. Als dann noch ein Freund dem Liebhaber rät, die aussichtslose Sache endlich aufzugeben, reist Goethe, ohne Abschied zu nehmen, Hals über Kopf ab.

Abgebrochen ist die Beziehung zu den beiden Kestners damit jedoch nicht. Im Gegenteil, jetzt geht's erst richtig los. Goethe hängt, nachdem das Stück zu Ende ist, noch einen Akt dran und spielt hinter dem Vorhang weiter. Genauso wie er nach seiner Abreise aus Leipzig die Schönkopf umschwärmt, betet er jetzt in seinen Briefen Charlotte an, die 1773 ihren Kestner geheiratet hat. »Schon gestern Nacht wollte ich dir schreiben, aber es war nicht möglich, ich ging in der Stube auf und ab, und redete mit deinem Schatten (dem Schattenriss der Charlotte Kestner, den er in seinem Zimmer aufgehängt hatte; der Verf.), und selbst jetzt fällt mirs schwer das dahin zu krizzen! – Soll ich denn niemals wieder, niemals wieder deine Hand halten Lotte.« Kleine Geschenke werden auch gemacht, so schickt er ihr Stoff zu einem Negligé. Als ihn im August 1774 seine alte Wetzlarer Strumpfwäscherin aufsucht, gerät Goethe förmlich in Verzückung und schreibt an Charlotte: »Ich hab' sie mit heraufgenommen in meine Stube, sie sah deine Silhouette, und rief: ›Ach das herzlieb Lottgen‹, in all ihrer Zahnlosigkeit voll wahren Ausdrucks. Mir hat sie zum Willkomm in voller Freude Rock und Hand geküsst … Du kannst denken wie werth mir die Frau war, und das ich für sie sorgen will. Wenn Beine der Heiligen und leblose Lappen die der Heiligen Leib berührten Anbetung und Bewahrung und Sorge verdienen, warum nicht das Menschengeschöpf das dich berührte, dich als Kind aufm Arm trug, dich an der Hand führte, das Geschöpf das du vielleicht um manches gebeten hast? Du Lotte gebeten – Und das Geschöpf sollte nun von mir bitten! Engel vom Himmel! Liebe Lotte noch eins. Das macht mich lachen. Wie du sie oft geärgert hast mit deinen schlocker-Händgen, wie du so machst, auch wohl noch, sie machte sie mir vor, und mir wars als wenn dein Geist umschwebte.«

Kestner bekommt natürlich auch Post, er gilt ja als Freund. Geschrieben wird an ihn, gemeint ist aber dennoch oft seine Frau. »Diese Nacht träumte ich von Lotten, und wie ich aufwachte saß ich so im Bett und dachte an all unser Wesen, von dem ersten Lager in Garbenheim bis zum Mondenmitternachts Gespräch an der Mauer und weiter …« Und damit Lotte weiß, dass er auf sie ja eigentlich gar nicht angewiesen ist, und damit Kestner sich ein wenig ärgert, setzt Goethe noch hinzu: »Gestern abend putzte ich meine Freundinnen auf dem Ball … und einmal fiel mirs ein wärst du bei Lotte und putztes sie so aus.« Bei Kestner beschwert er sich halberlei im Ernst darüber, dass Lotte nicht von ihm, Goethe, träumt. »Das nehm ich sehr übel, und will das sie diese Nacht von mir träumen soll, diese Nacht, und soll's Ihnen noch dazu nicht sagen.« Bei ihm sei das anders, er träume Tag und Nacht von Lotte. Doch dann besinnt er sich eines Besseren und wünscht Kestner »viel Glück zu allem …« und »… eurer besten Frau alle Freuden des Lebens«.

Kestner nahm alles hin, wie's kam. Erstens war Goethe kein Rivale mehr und zweitens war Kestner nun von der Freundschaft des »bizarren aber edlen Menschen« überzeugt. Jene Parodie Goethes auf den »Werther«, in der Werther/Goethe und Lotte sich über Albert/Kestner lustig machen, um danach ins Bett zu steigen, kannte Kestner nicht.

Doch Goethe verliebt sich auch, noch mittendrin in seinem Lotten-Kult, bereits aufs Neue und es folgt eine sehr feine, zerbrechliche, völlig fleischlose Liebesgeschichte. Denn in Ehrenbreitstein hat er die Schriftstellerin Sophie La Roche und ihre hübsche Tochter Maximiliane, genannt Maxe, kennen gelernt. Maximiliane ist ein Schöngeist und literaturinteressiert, sie musiziert, malt und begeistert sich für Rousseau. 1774 heiratet sie auf Wunsch ihrer Mutter den reichen, aber schon älteren Frankfurter Kaufmann Brentano, der die Ambitionen seiner jungen Frau nicht versteht. Goethe versteht sofort. Die Brentano ist unglücklich. Da sitzt man beieinander, hält sich bei den Händen und seufzt gemeinsam. Dieses Bild, Goethe und Maximiliane Brentano mit einem Spinett im Hintergrund, passt wie eine Collage in das große Gemälde dieses Zeitalters der Empfindsamkeit. Goethe ist einer der Empfindsamsten. Er bebt vor Mitgefühl mit der unglücklichen Maxe. Auch Brentano bebt. Doch nicht aus Empfindsamkeit – er ist vielmehr empfindlich. Er hat entschieden etwas dagegen, dass der junge Schnösel um seine Frau herumschleicht, sie tröstet und ihre schöne Seele womöglich unterm Mieder sucht und vielleicht dort nicht gerade nur nach der Seele tastet – so viel Phantasie darf man einem Kaufmann zutrauen.

Aber Derbheiten dieser Art sind im Fall Maxe Brentano nicht Goethes Sache. Er vergreift sich nicht an dieser Frau, bestenfalls stellt er sich vor, dass er's tun könnte und wie's denn wäre, wenn er's denn täte. Der einzige, der sich hier vergreift, ist Brentano. Und zwar vergreift er sich im Ton, macht seiner Frau eine wüste Szene, zeigt ihr, wo's langgeht, und dem Liebhaber schöner Seelen weist er die Tür. Damit bleibt er immerhin der einzige Mann, der das Spielchen nicht mitspielt, das Goethe mit einigen bereits »vergebenen« Frauen treibt. Denn weder Kestner noch Willemer noch der von Stein verbitten sich, was ihnen zugemutet wird. Goethe ist nach diesem Rauswurf fassungslos und gekränkt. Dass er selbst an dem Missverständnis schuld sein könnte, kommt ihm nicht in den Sinn. An Sophie La Roche schreibt er: »Wenn sie wüßten, was in mir vorgegangen ist … ich habe in denen schröcklichen Augenblicken für alle Zukunft gelitten.« Er schwört, die Schwelle von Brentanos Haus nie wieder zu betreten. Aber gar so »schröcklich« kann sein Leiden nicht gewesen sein. Denn kurze Zeit darauf hat er seinen Schwur bereits vergessen und schreibt an Sophie La Roche: »Ihre Max habe ich in der Komödie gesprochen, den Mann auch, er hatte all seine Freundlichkeit zwischen die spizze Nase und dem spizzen Kiefer zusammengepackt. Es mag eine Zeit kommen, da ich wieder ins Haus gehe …«

Aber nachtragend ist Goethe doch. Im »Werther« wird er die angeblich schwarze Seele des spitznasigen Brentano mit der weißen von Kestner vermischen und so die graue Figur des Albert schaffen. Lottes blaue Augen werden dann noch gegen die schwarzen der Maximiliane getauscht, womit Charlotte Kestner später, als sie sich ihrer Rolle als Vorbild für eine ganze Frauengeneration bewusst wird, sehr unzufrieden ist. Und dennoch kann er von dieser Lotte noch immer nicht lassen. Zunächst lässt Goethe sich ihren alten Kamm schicken und bewahrt ihn auf wie eine Reliquie. Die Kestners senden ihm dann auch noch Lottens Brautstrauß, den er sich tatsächlich an den Hut steckt. »Ich gehe morgen zu Fuß nach Darmstadt und habe auf meinem Hut die Reste ihres Brautstraußes.« Allerdings kommt ihn mittlerweile das unbestimmte Gefühl an, dass er aufhören sollte, seine Leidenschaft zu konservieren, bringt dies aber nicht fertig. Als Charlotte Kestner ihr erstes Kind bekommt, kann er das gar nicht fassen und schreibt: »Ich schwöre Dir, Lotte, das ist für meinen sinnlichen Kopf eine Marter, dich als Mamagen zu dencken … Ich komme damit nicht zurecht, ich kann mir's nicht vorstellen.« Mit der Zeit aber macht sich dann auch Goethe mit dem Gedanken vertraut, dass seine angebetete Charlotte Kinder bekommt, dass sie ihr Negligé für Kestner lüpft und dass sie also seiner kopfgeborenen Heiligen nicht entspricht, sondern auch nur ein ganz normaler Mensch von Fleisch und Blut ist. Zu Füßen werfen will er sich ihr aber dennoch irgendwann, schreibt er Kestner unverdrossen.

In Goethes Elternhaus, am Frankfurter Großen Hirschgraben, macht man sich bereits Sorgen um ihn. Der Sohn ist inzwischen 25 Jahre alt und müsste endlich heiraten. Aber bislang zielt er nur ständig und drückt nicht ab. Goethes Mutter, eine lebenserfahrene Frau, hat das Theater, das ihr »Hätschelhans« mit sich selbst und mit anderen veranstaltet, langsam satt. Sie entscheidet, hier muss ein festes Verhältnis her, eine Frau, die den Sohn, den überfeinen, mit ins Bett nimmt und basta! 1774 versucht sie ihn mit der Frankfurterin Anna Sybilla Münch zu verheiraten, die er beim Mariagespiel kennen gelernt hat, und als das misslingt, ein Jahr später mit Katharina Zimmermann, der Tochter des berühmten hannoveranischen Arztes Johann Georg Zimmermann, mit dem Goethe während seiner ersten Reise in die Schweiz bekannt geworden war. Aber Goethe will auch dieses Mädchen nicht. Er fühlt sich wohl, wenn ihm unwohl ist.

Gegen Ende des Jahres 1775 geht er nach Weimar und setzt den Briefwechsel mit Kestners fort. Wenn er nun an sie schreibt, dann geschieht das nicht mehr auf der Ebene des gleichgestellten Freundes, sondern von der Höhe seiner neuen gesellschaftlichen Position als hoher Beamter in Weimar und erfolgreicher Autor. »Liebe Kinder! Ich hab so vielerlei von Stund zu Stund, das mich herumwirft. Ehemals waren's meine eigenen Gefühle, jetzt sind neben denen noch die Verworrenheiten anderer Menschen«, mit denen er sich plagen muss (Juli 1776). »Lieber Kestner, nicht daß ich Euch vergessen habe«, aber dass er im »Zustand des Schweigens« sei, läge daran, dass er keine Zeit habe zum Briefe schreiben (September 1777). Er wünscht sich aber, »daß man sich wieder näher rücke«. Man rückte sich aber nicht wieder näher.

Goethe ist nach wie vor ein vielbeschäftigter Mann, und Kestner auch. Dessen Familie wird bald zwölf Kinder zählen. Charlotte, die schon nach dem Tod ihrer Mutter elf Geschwister erzogen hat, versteht die Kestnersche Bescherung als Segen, nicht als Last. Dieses »wünschenswerte Frauenzimmer«, wie Goethe sie einmal genannt hat, diese Frau, die »wie geschaffen für die Wirklichkeit des Lebens war«, so ihr Sohn August, verliert nie die Zuversicht und bringt nach dem Tod ihres Mannes 1800 – sie wird ihm erst nach 28 Jahren folgen – die große Familie alleine durchs Leben. Am 15. Oktober 1803 nimmt sie den Briefwechsel mit Goethe wieder auf und schreibt, unsicher, ob die inzwischen eingetretene Entfremdung überwunden werden kann.. »Sollte es Ihnen wohl unangenehm seyn, wenn eine Freundin aus den Zeiten Ihrer Jugend einmal ihr Andenken bey Ihnen erneuerte? Mehrere Tage überlegte ich, ob dieser Brief sollte geschrieben werden …«, aber sie zweifele nicht daran, dass ihm ihr »Andenken, obgleich nach einer so langen Reihe von Jahren, dennoch lieb seyn muß …«. Sie erinnert an vergangene Zeiten: »Ich ging … unsere wunderschöne Gegend durch, kam auf den Weg, den wir oft zusammen giengen, an der Lahn … hier dachte ich Ihrer …« Obwohl er nun ein großer Mann wäre, schreibt sie, will sie »ihrem Herzen keine Gewalt anthun« und »so berechne ich Sie nach ehemaligen Zeiten«. Und dann kommt sie sehr nüchtern zur Sache. Sie will Goethes Protektion für ihren Sohn Theodor, der sich in Frankfurt am Main als Arzt niederlassen möchte. Goethe, geschmeichelt, dass sie seiner an der Lahn gedacht hat, antwortet postwendend: »Sie haben mir, liebe Freundin, durch Ihren Brief und diesen Auftrag große Freude gemacht, wie gerne versetze ich mich wieder an Ihre Seite zur schönen Lahn.« Dass er zudem dafür sorgt, dass Theodor Kestner das Frankfurter Bürgerrecht erhält und dort praktizieren darf, versteht sich von selbst.

Als Charlotte Kestner ihn zwölf Jahre später mit ihrer Tochter Clara in Weimar aufsucht, ist alles anders. Es gibt keine liebevolle Rückbesinnung mehr an die Lahn mit eventuellen kleinen wehmütigen Seufzern. Goethe sieht nun die Wetzlarer Vergangenheit leibhaftig vor sich. Da steht nicht mehr das junge Mädchen, an das er sich erinnerte, wenn er ihr schrieb, sondern eine alte Frau mit wackelndem Kopf, steif und abgeklärt wie er selbst. Die manchmal zu Sarkasmus neigende Frau von Stein schreibt über die Kestner: »Sie ist von angenehmer Unterhaltung, aber freilich würde sich kein Werther mehr um sie erschießen.« Goethe gibt sich zumindest einige Mühe mit dem Besuch aus der »Vorzeit«. Er gibt ein Essen, geht mit Charlotte ins Theater und wird als unangenehmer Gastgeber empfunden. Die Damen Kestner, so hat es den Anschein, sind permanent unzufrieden. Charlotte schreibt an ihren Sohn August, dass sie sich sowieso nicht viel von dem Wiedersehen mit Goethe versprochen habe. Clara beklagt, dass er nicht freundlich genug zu ihrer Mutter wäre und dass er im Gespräch nicht geistreich sei: »Leider waren alle Gespräche die er führte so gewöhnlich, so oberflächlich … aus seinem Inneren oder aus seinem Geiste kam nichts von dem was er sagte.« Bei der Besichtigung des Goetheschen Hausgartens stellt sie fest, dass der nur sehr klein sei. Das Haus wiederum ist ihr zu düster. Nur eine Zeichnung gefällt. Die wird von der Wand genommen und besichtigt. Sonst entdeckt die kleine Kestner nichts von Bedeutung. »Hier und da stehen Vasen und die Wände sind mit Zeichnungen dekoriert, worunter jedoch meiner Ansicht nach, außer der genannten nichts ausgezeichnetes war.« Aber dann sehen die beiden Frauen doch noch etwas, was sie interessiert, die »Büsten der berühmten Schriftsteller unserer Zeit. Auch Göthens und seiner Frau Büste steht darin, von der wir abscheuliche Dinge hören, mit denen ich mein Papier nicht beflecken werde, Gottlob daß sie todt ist, und doch, sollte man es glauben, ehrt er ihr Andenken mit Rührung.«

Kurz vor der Abreise aus Weimar äußert Clara Kestner, was ihr Gastgeber wohl schon am ersten Tag der Begegnung bemerkt haben dürfte: Sie »verstehe sein Wesen« nicht. Charlotte Kestner ist es nicht anders gegangen. Goethe notiert über den Besuch am 25. September 1816 lakonisch in seinem Tagebuch: »Mittags Riedels und Mad. Kästner aus Hannover«. Das ist alles. Man hatte sich nichts mehr zu sagen.

Lili von Türckheim (Schönemann)

Elisabeth (Lili) von Türckheim, geb. Schönemann, 1782.
Nach einem Pastell im Besitz von Baronin von Türckheim
auf Schloss Dachstein.

Lili Schönemann, gerade 16 Jahre alt, als Goethe sich in sie verliebt, ist eine außergewöhnlich schöne Frau, bestens ausgestattet mit allen Attributen ihres Geschlechts. Sie ist die erste und einzige seiner Geliebten, der er sich nicht gewachsen fühlt. Sein selbstgewählter Platz ist zu ihren Füßen, nicht an ihrer Seite. Diese Tochter einer Frankfurter Patrizierfamilie – die Schönemanns sind Inhaber eines Bankhauses – ist kein einfaches, schlichtes Mädchen wie Friederike Brion oder Charlotte Buff, sondern eine Dame. Ihr Auftreten ist von unauffälliger Noblesse. Im Hauspark, einen Rosenstrauß im Arm, so sollte man sie sich vorstellen. Goethe kann bei ihrem Anblick nur noch stammeln: »Herzlich bin – lieber Engel, bist du mein? – Ach warum bin ich nicht immer sogleich bei – lieber Engel – Ach wie möchte ich zu deinen Wolken steil – Wo sie streben und durch einander wandern« (aus einem unvollendeten Brief an Lili Schönemann). Schon wieder ein Engel! Nur bewegt sich dieses, sein himmlisches Wesen, nicht in den Regionen, in denen Engel in der Regel zu vermuten sind, sondern unter Kristalleuchtern auf dem Eichenholzparkett eines Salons, der für Goethe bald die Hölle sein wird. Denn im Hause Schönemann verkehrt so ziemlich alles, was in Frankfurt Rang und Namen und natürlich viel Geld hat.

Goethe passt nicht in diese Gesellschaft. Dem Mädchen jedoch gefällt er. Sie verliebt sich in ihn und die Mutter, eine geborene d'Orville, alter hugenottischer Adel, findet den jungen Mann ganz passabel. Lilis Brüder sind da anderer Meinung. Der Mann gehört einfach nicht hierher. Die Goethes sind nicht von Stand und haben ausschließlich Schneider, Gastwirte, Schmiede und Beamte im Stammbaum. Die Familie ist zwar, an bürgerlichen Verhältnissen gemessen, wohlhabend, aber gesellschaftlich nicht mit den Schönemanns zu vergleichen. Goethe selbst ist auch keine gute Partie. Er lebt bislang von den Zuschüssen seines Vaters. Seine Schriftstellerei und die Anwaltspraxis, die er halbherzig betreibt, bringen nicht viel ein. Die Brüder Schönemann aber suchen einen reichen Mann für die schöne Schwester, denn dem Bankhaus geht's nicht besonders gut. Goethe gibt sich Mühe und lässt sich sogar einen Rock mit Lyoner Stickereien fertigen, kauft sich silberne Schuhschnallen und einen Degen. Doch all das nützt ihm nichts. Man will ihn nur rasch wieder loswerden. Die Schönemann-Brüder sticheln, sie veralbern ihn. Man kann sich leicht vorstellen, wie dem bewunderten eitlen jungen Mann, dem Autor des »Götz« und des »Werther«, zumute sein muss. Seinen Ärger lässt er an Lili aus. Eifersüchtig ist er auch. Grundlos allerdings, denn Lili Schönemann liebt den jungen Goethe wirklich und ist ihm treu.

Kennen gelernt hat er sie in den ersten Januartagen des Jahres 1775 in Frankfurt. Im nahe gelegenen Offenbach – hier besitzen die Schönemanns ein Landhaus – ist man sich näher gekommen. Goethe wird später in seinem Tagebuch notieren: »Abenteuer mit Lili – Einleitung – Verführung – Offenbach«. So eindeutig, wie dieses Wort »Verführung« auf den ersten Blick scheint, ist es aber nicht, wenn man sich den nun wieder völlig verqueren Goethe mitdenkt, der, in tausend Ängsten schwebend, schreibt: »Herz, mein herz, was soll das geben / Was bedränget dich so sehr …« Das Gedicht endet mit einem Hilferuf: »Liebe, Liebe lass mich los!« Dieser bebende Goethe verführt kein Mädchen. Zumal wenn man bedenkt, dass Lili, die »Überschöne«, kaum, dass er sich in sie verliebt hat, bereits wieder »das Fremde« ist, das rasch abgestoßen werden muss.

Zur gleichen Zeit, als er Lili kennen lernt, beginnt Goethe auch einen Briefwechsel mit der Gräfin Auguste zu Stolberg-Stolberg. Sie wird nicht nur seine Vertraute, sondern auch seine Geliebte werden. Die Beziehung bleibt allerdings platonisch, denn er sieht das »Gustgen« nie. Der Stolberg schreibt er, dass er gerade einer »niedlichen Blondine den Hof« mache, seinen »gegenwärtigen Zustand aber nicht ganz sagen« könne, da er »von Stund zu Stund« wechsele. Soviel aber solle die Stolberg wissen, er ginge zugrunde, wenn er jetzt keine Dramen schriebe. Lili würde ihn unglücklich machen »ohne ihre Schuld« und auch er »trübe ihre Tage«, ohne es zu wollen. Und dann klagt er: »O Gustgen! Wird mein Herz endlich einmal in ergreifendem wahren Genuss und Leiden, die Seeligkeit die Menschen gegönnt ward empfinden, und nicht immer auf den Wogen der Einbildungskraft und überspannten Sinnlichkeit, Himmel auf und Höllen ab getrieben werden« (Brief an Auguste zu Stolberg, 18. September 1775). Das sind Töne, die wir schon aus Sesenheim kennen.

Und dennoch, in dieser qualvollen Geschichte gibt es einen überraschenden Höhepunkt. Die »Handelsjungfer Delph«, mit den Familien Schönemann und Goethe befreundet, legt Lilis Hand in die Goethes und erklärt die beiden für verlobt. Goethe kommentiert den Akt mit den Worten: »Ahnung des Trugschlusses, man verschweigt sich die Zweifel ... bestärkt sich äußerlich, nachdem man innerlich schwankt ...« – und flüchtet! Er reist mit den Brüdern der Auguste zu Stolberg in die Schweiz. Am 23. Juni 1775, es ist Lilis 17. Geburtstag, kehrt er aber wieder um und stürzt sich erneut in die Arme seiner Braut. Für die müssen jetzt Geschenke her. An Johanna Falmer, eine Freundin seiner Schwester Kornelia, schreibt er: »Liebste Tante ... Bitte! Bitte! Sehen Sie sich auf der Messe um, nach was für Lili!!!! Galanterie, Bijouterie, das neueste, eleganteste! Aber heilig unter uns, der Mama nichts. Den Gerocks nichts ...« Im Hause Goethe soll man also nicht erfahren, dass er für Lili Geschenke kauft. Dort ist man inzwischen nämlich ebenfalls gegen die Verbindung. Die Gerocks dürfen von der »Aktion« auch nichts wissen, da sie mit den Goethes befreundet sind und plaudern könnten. Außerdem war da auch einmal was. Mit einem der Gerock-Mädchen hatte Goethe eine Poussage, die in die Zeit zwischen der Wetzlarer Lotte und einer anderen aus Offenbach eingeordnet werden muss. Das Ganze war zwar keine große Affäre, aber immerhin erwähnt Goethe sie in »Dichtung und Wahrheit«. Wahrscheinlich weil sie ihm bei seiner Rückkehr aus Wetzlar auf offener Straße vor Freude um den Hals gefallen war. Jetzt, im Sommer 1775, fällt ihm niemand um den Hals, sondern alle fallen ihm auf die Nerven, einschließlich

Lili. In »Dichtung und Wahrheit« begründet er dies auch. »Ich war unterrichtet, man habe sie (Lili) in meiner Abwesenheit völlig überzeugt, sie müsse sich von mir trennen …« An Merck schreibt er: »Ich bin wieder scheißig gestrandet, und möchte mir tausend Ohrfeigen geben, dass ich zum Teufel ging, da ich flott war. Ich passe wieder auf neue Gelegenheit um abzurücken …« Als er seine Braut trifft, lässt er sie einfach stehen: »Lili heute nach Tisch gesehen, in der Comödie gesehen. Hab kein Wort mit ihr zu reden gehabt – auch nichts geredt« (Brief an Auguste zu Stolberg, 18. September 1775).

Die Brüder Schönemann liegen inzwischen der Schwester in den Ohren, das Verhältnis zu lösen. Dieser Bräutigam, der einfach seine Braut für ein paar Monate sitzen lässt, der unseriös sei und keine Manieren habe und in Gesellschaft herumschreie, ja, regelrechte Tobsuchtsanfälle bekomme, wäre doch wohl das Letzte, was sie sich und ihrer Familie zumuten könne. Lili jedoch liebt ihren Goethe nun mal und bleibt hartnäckig. Sie bleibt es auch, als man ihr allerlei Unerfreuliches aus seiner Vergangenheit zuträgt. Es darf als sicher gelten, dass die Schönemanns über das Vorleben des Schwiegersohnes in spe bestens informiert sind und über seine Wetzlarer Eskapaden, wahrscheinlich sogar über einige pikante Einzelheiten aus seiner Leipziger Studentenzeit, Bescheid wissen. Die Brentano-Affäre kennen sie sowieso, die hat in Frankfurt, dem »elenden Nest«, wie Goethe es einmal nannte, die Runde gemacht. Das und einiges andere, schön unappetitlich zubereitet, wird dem Mädchen nun zugetragen. Aber es ist natürlich ganz und gar unmöglich, einer 17-Jährigen die große Liebe auszureden. Selbst als man ihr vom Schicksal der Friederike Brion erzählt, ist Lili nicht bereit, sich von Goethe zu trennen. Sie will nun nur noch weg aus Frankfurt. So weit, wie nur möglich. Nach Amerika möchte sie mit dem Geliebten auswandern. Doch Goethe will nicht. Was soll er in Amerika? Wovon soll er da mit Lili leben? Hier in Frankfurt steht das reiche Haus seiner Eltern. Da sprudelt die Geldquelle, aus der er schöpfen kann. Und er hat auch längst eine andere Flucht geplant: Am 20. September löst er die Verlobung und reist wenig später nach Weimar ab.

Dieses Ende hat ein Nachspiel, das Goethe in »Dichtung und Wahrheit« inszeniert, wenn auch kein sehr schönes. Doch zunächst einmal bekommt er am 9. Juli 1776 in Weimar eine Nachricht: »Gestern Nachts liege ich im Bett schlafe schon halb, Philip bringt mir einen Brief, dumpfsinnig lese ich – dass Lili eine Braut ist!! kehre mich um und schlafe fort. – Wie ich das Schicksal anbete dass es so mit mir verfährt! Alles zur rechten Zeit« – Lili hatte sich mit einem Herrn Bernard, einem Elsässer, verlobt. Diese Verlobung wurde aber bald wieder gelöst. Erst 1778 heiratete sie den Straßburger Bankier Bernhard Friedrich von Türckheim. Goethe findet sie 1779 bei seinem Besuch in Straßburg »glücklich verheurathet«. Der Stein schreibt er, dass die Türckheims wohlhabend wären, auch habe Lilis Mann einen stattlichen Rang, die Familie sei ansehnlich und das Haus schön. Goethe, eitel wie eh und je, hat diesen Bericht über Lilis Lebensumstände mit kleinen Gehässigkeiten gespickt, die ahnen lassen, wie verstimmt er war. Warum ging es der Lili auch ohne ihn so gut? Wieso hing sie nicht noch ein wenig an ihm? Man war in Straßburg auch, anders als in Sesenheim, nur leichthin und freundlich empfangen und genauso verabschiedet worden.

Er wäre leicht zu trösten gewesen, wenn er gewusst hätte, dass Lili in ihrer Ehe so glücklich nicht war. Aber um den einstigen Geliebten zum Beichtvater ihrer Seelennöte zu machen, war sie wohl zu fein, vielleicht auch zu stolz. Nur mit Lavater, mit dem sie befreundet war, hat sie später einmal darüber gesprochen. 1795 erhält Goethe von einer Freundin, Bäbe Schultheß aus Zürich, einen Brief. Die Schultheß schreibt, Lili habe sie besucht und lasse ihn grüßen. Sie freue sich beim Andenken an ihn, »das reine Bild, das er durch sein Betragen gegen mich in meine Seele gelegt, darin zu wahren, und werde es durch nichts, das ihr gesagt werden mag, verwischen lassen«. Das lässt die Schlussfolgerung zu, dass ihr irgendwelche Skandalgeschichten, wie sie damals massenhaft über Goethe in Umlauf waren, zu Ohren gekommen sein mussten. Lili hat auch in ihrem Leben »nach Goethe« nichts von seiner Doppelnatur wissen wollen. Sie ist beispielsweise immer davon überzeugt gewesen, dass die Auflösung der Verlobung ausschließlich auf die feindselige Haltung der Familien Goethe und Schönemann zurückzuführen war. Ihre Erinnerung an den einstigen Geliebten, verklärt durch die Zeit und den Ruhm des Dichters sowie durch seine hohe gesellschaftliche Position, dürften sie in ihrer guten Meinung bestärkt haben. Als sie ihm 1801 schreibt, nennt sie ihn »Verehrungswürdiger«. Goethe antwortet der »verehrten Freundin«: »Sie haben in den vergangenen Jahren viel ausgestanden und dabei, wie ich weiß, einen entschlossenen Muth bewiesen, der Ihnen Ehre macht.« 1807 schreibt ihm Lili anlässlich des Aufenthaltes ihres Sohnes Karl von Türckheim in Weimar: »Gönnen Sie meinem guten Karl und seiner lieben Frau, das Glück den Freund meiner Jugend kennen zu lernen, und schenken Sie ihre Gewogenheit einem jungen Mann, dessen Leben, bis izt, eine Reihe beglückender Tage für seine Eltern war.« Goethe antwortet als »Ihr ewig verbundener« und küsst ihr tausendmal die Hand.

Lili von Türckheim, deren Mann 1809/10 badischer Finanzminister ist und nach dem Sturz Napoleons 1815 Abgeordneter des französischen Parlaments wird, hat sich an der Seite ihres Mannes als tüchtige Frau gezeigt und war ihren sechs Kindern eine liebevolle Mutter. Darin der Charlotte Kestner ähnlich sagt sie: »Ich erkenne das Glück, Kinder zu haben als die erste und reinste Quelle aller meiner Glückseligkeiten, was kann mir nach dieser Überzeugung wichtiger sein, als dieselben gut, nämlich so zu erziehen, daß sie als Welt- und Himmelsbürger Glück um sich verbreiten können.« Lili von Türckheim, geboren am 23. Juni 1758 in Frankfurt am Main, stirbt am 6. Mai 1817 im elsässischen Krautergersheim.

Als Goethe im vierten Teil von »Dichtung und Wahrheit« sein Verhältnis zu ihr beschreibt, kommt er nicht so recht voran. Und als er mit der Arbeit fertig ist, hält er sie zurück. Das Buch erscheint erst nach Lilis Tod. Warum er das macht, wird klar, wenn man liest, was die Familie von Türckheim zum Kapitel Lili in »Dichtung und Wahrheit« zu bemerken hat: »In den Memoiren Goethes finden sich viele Ungenauigkeiten, die auf die edle Gestalt Lilis einen unbestimmten Schatten von Leichtsinn und Coketterie werfen könnten, sie habe sozusagen mit der Liebe des großen Dichters gespielt, um seine Eifersucht zu erregen, und sie habe dem Wunsch zu glänzen mehr geopfert, als sie der Neigung ihres Herzens gewähren wollte. Durch einige Worte, die er in der Schilderung seiner lebhaften Leidenschaft für Lili einstreut, insinuiert Goethe seiner jungen Braut geradezu eine natürliche Neigung zur Coketterie und läßt vermuten, daß sie ihm in einer momentanen Vertraulichkeit diese Neigung gestanden und hinzugefügt habe, daß, ebenso geschickt zu fesseln wie geneigt, das Eroberte fahren zu lassen, sie diese Gabe zu verführen an ihm habe ausüben wollen, und dafür bestraft worden sei … Man könnte eine Cokette nicht besser schildern, ohne ihr etwas Grobes zu geben …« Die Wahrheit sei aber, dass Lili »Goethe mit der ganzen Kraft ihrer schönen Seele liebte …, aber da die Liebe blind ist, hat sie lange in Goethe nichts gesehen als sein Genie, seine liebenswerten Eigenschaften und seine Zuneigung für sie. Die Eifersucht ihres Liebhabers, seine schlechte Laune in Gesellschaft, die damit zusammenhing, seine seltsame Wildheit, seine Temperamentausbrüche sogar – alles ertrug sie mit Engelsgeduld, und es gelang ihr, indem sie ihre Zärtlichkeitsbeweise verdoppelte, ihm den unerträglichen Zwang zu erleichtern, dem er in einem Milieu litt, das ihm nicht gemäß war ... Durch einen einfacheren und wahren Bericht hätte Dichtung und Wahrheit nichts von seinem Reiz verloren, und der unsterbliche Dichter hätte seinem Ruhmeskranz ein Blatt hinzugefügt ... Seine Eigenliebe hat eine vage Unbestimmtheit über den wahren Grund seiner Trennung von meiner Mutter bereiten zu müssen geglaubt, und seine ganze Erzählung, wie sein langes Zögern, sie zu veröffentlichen bezeugen die Verlegenheit, in die er sich unentrinnbar gebracht hatte, weil er nicht die ganze Wahrheit sagte.«

Zur Persönlichkeit der Lili äußerten sich auch einige mit ihr nicht verwandte Frauen. So preist Henriette von Beaulieu-Marconnay, die Mutter der mit Goethe befreundeten Julie von Egloffstein, Lili als »eine der edelsten Frauen«, die ihr je begegnet wären und vergleicht sie mit Goethes »Iphigenie«. Genau denselben Vergleich macht Bäbe Schultheß, die Freundin Lavaters, die an Goethe über Lili schreibt: »... es war mir so wohl neben ihr, als wenn ich in deiner Iphigenie lese«. Goethe soll im Alter über Lili gesagt haben, sie wäre die Einzige und Letzte gewesen, die er tief und wahrhaft geliebt habe. Vielleicht hat er geglaubt, dass er sich damit seiner fragwürdigen Lili-Darstellung in »Dichtung und Wahrheit« wegen rehabilitieren könne oder dass sein Lili-Bild dadurch nur um so wahrhaftiger werde.

Doch all das sind Vermutungen. Es ist nicht einmal sicher, ob er sich überhaupt in dieser Form (überliefert von Eckermann in seinen »Gesprächen mit Goethe«) geäußert hat. Vielleicht hat sich Eckermann, der die Informationen von Soret erhielt, verhört? Oder Soret hat etwas falsch verstanden? Möglicherweise hat Soret aber auch, aus welchem Grund auch immer, Eckermann nicht mitgeteilt, dass Goethe hinzugefügt hatte: Außerdem liebte ich einzig, wahrhaft und ganz und gar letztmalig auch Friederike, Lotte, Charlotte, Maximiliane, Christiane, Marianne, Minna und Ulrike.

Charlotte von Stein

Nach einem von ihr selbst gezeichneten Bildnis.
(Felix Freiherr von Stein, Groß-Kochberg bei Rudolstadt);
(Foto: Louis Held, Weimar)

Am Anfang des etwa zehn Jahre dauernden Verhältnisses zwischen Goethe und Charlotte von Stein steht die Besichtigung eines Schattenrisses der Weimarerin, unter den Goethe schreibt: »Es wäre ein herrliches Schauspiel, zu sehen, wie die Welt sich in dieser Seele spiegelt. Sie sieht die Welt, wie sie ist, und doch durchs Medium der Liebe. So ist auch Sanftmut der allgemeine Eindruck.«

Diesen Schattenriss der Stein hat Goethe von Zimmermann. Es ist wieder dieser hannoversche Arzt, der diesmal mit nachhaltiger Wirkung in das Leben zweier Menschen eingreift. An die Stein, mit der er befreundet ist, schreibt Zimmermann: »Sie wollen, daß ich Ihnen von Goethe spreche? Sie bedenken nicht, meine arme Freundin, daß dadurch der Wunsch in Ihnen entstehen wird, ihn zu sehen, und Sie wissen nicht, wie sehr dieser liebenswerte Mensch Ihnen gefährlich werden könnte … Ein Frau von Welt, die ihn häufig gesehen, sagte mir, Goethe sei der schönste, der lebhafteste, der originalste, glühendste, ungestümste, zugleich sanfteste, verführerischste, kurz für das Herz einer Frau gefährlichste Mann, den sie in ihrem ganzen Leben getroffen habe.« In einem anderen Brief teilt er der Stein mit, dass Goethe, nachdem er, Zimmermann, ihm erzählt habe, was sie, die Stein, für eine Frau wäre, drei Nächte nicht geschlafen habe. »Alles um die Liebe! sagte er, und wer ihn gesehen hat, weiß wie er durch Anmut die Kraft seines Geistes zudeckt und durch Freundlichkeit den Ernst seiner einsamen Stunden.« Dieser Arzt scheint, wenn er nicht gerade praktiziert, sich als Kuppler zu betätigen. Ein einsamer junger Mann, noch dazu ein geistreicher, käme der Stein wie gerufen. Sie ist auch einsam. Mit dem herzoglich-weimarischen Oberstallmeister Josias von Stein in einer Vernunftehe lebend, in der sie unvernünftigerweise zu sieben Kindern gekommen ist, die sie nicht sonderlich liebt, sucht sie nach einem Lebensinhalt.

Charlotte von Stein ist ähnlich wie Goethes Schwester Kornelia in ihrer Rolle als Frau unglücklich. Goethe hat sie nicht zufällig mit Kornelia verglichen, wenn er sagt, dass sein Verhältnis mit der Stein »das reinste, schönste, wahrste« sei, »das ich außer mit meiner Schwester je zu einem Weibe gehabt habe«. Aber ehe es zu diesem »schönsten aller Verhältnisse« kommt, in welchem Charlotte von Stein ihm einen Personenkreis ersetzen soll, der, wie Goethe sagt, Schwester, Mutter und Geliebte umfasst, gibt es handfesten Ärger. Die Stein schreibt an Zimmermann, kaum dass sie den Mann für geistreiche Gespräche und liebevolles Schweigen kennen gelernt hat, dass sie bereits einige Male »Verdruß mit ihm gehabt« habe. »Ich wollte gestern mit der Herzogin-Mutter zu Wieland gehen, weil ich aber fürchte Goethen da zu finden, that ichs nicht. Ich habe erstaunlich viel auf dem Herzen, das ich dem Unmenschen sagen muß. Es ist nicht möglich mit seinem Betragen kömt er nicht durch die Welt.«

Wie aber beträgt sich Goethe in Weimar? Jedenfalls ganz und gar ungewöhnlich für die biederen Bürger des verschlafenen kleinen Nestes. Der Schriftsteller Johann Heinrich Voß berichtet: »In Weimar geht es schrecklich zu. Der Herzog läuft mit Goethen wie ein wilder Pursche auf den Dörfern herum, besauft sich und genießet einerlei Mädchen mit ihm …« Der Freiherr von Seckendorf ist nicht ganz so verschreckt, rümpft aber die Nase über die wilde Horde des Herzogs, die sich auch noch für geistreich hält, wenn sie durch die Straßen »rennt, jagdt, schreit, hetzpeitscht und galoppiert«. Hildebrand von Einsiedel, der Kammerherr der Herzogin-Mutter Anna-Amalia, dichtet mit Blick auf Goethe: »Mit seinen Schriften unsinnvoll / Macht er die halbe Welt jetzt toll …/ Meint wunder, was er ausgedacht / Wenn er einem Mädel herzweh macht …« Feinde hat er sich auf Anhieb offenbar genug gemacht, denn die drei zitierten Herren sprechen für die Mehrzahl der Weimarer. Die Bauern schimpfen wegen der zerstampften Felder und ihrer verführten Töchter, die Bürger wegen des Lärms, den die wilde Horde verursacht, und die Hofleute intrigieren gegen Goethe, da sie in ihm den eigentlich Schuldigen des Treibens sehen. Sie haben Angst um ihre Stellung, denn wenn dem Herzog bei seiner wilden Reiterei quer durch die Gemüsebeete des Ländchens etwas Ernsthaftes zustößt, ist es unsicher, ob der Nachfolger sie weiterbeschäftigt.

Man traut dem Verfasser des »Götz« und des »Werther« sogar »umstürzlerische Vorhaben« zu. Zu Unrecht freilich, denn während sich sein Fußvolk nach der Lektüre des »Werther« reihenweise selbst umbringt, hat Goethe sich mittlerweile mit der Macht arrangiert. Er ist Beamter geworden. Und ein deutscher Beamter ist kein Revolutionär, sondern pensionsberechtigt. Der Goethe, der da mit seinem Herzog durch die engen Gassen der Thüringer Kleinstadt tobt, ist über jeden Verdacht erhaben, noch immer ein rebellischer Weltverbesserer zu sein. Er ist jetzt dabei, sich seine Lebensstellung am Weimarer Hof zu sichern, indem er seinem jungen Herren beim Ausleben der späten Flegeljahre hilft. Seine alten Freunde in Straßburg, Frankfurt und Darmstadt verhalten sich dem goethischen Vorbild adäquat. Bis auf Lenz und Bürger, die elend zugrunde gehen, werden sie alle ebenfalls Beamte, Pfarrer und Anwälte. Einer bringt es sogar bis zum General. Stürmen und Drängen will keiner mehr. Den »Werther« hält Goethe in Weimar für eine seiner Jugendtorheiten. Wieland lobt den Kollegen über alle Maßen: »Goethe spielt seine Rolle edel und groß und meisterhaft. Außer der Erfahrenheit, die er nicht haben kann, fehlt ihm nichts.« Auch Johann-Heinrich Merck, der alte Freund aus Darmstadt, wiegelt in einem Brief an den Schriftsteller Nicolai ab: »Was wird von dem sonderbaren Menschen nicht alles erzählt! Er folgt ganz seinen Launen, unbekümmert um die Folge ihrer Moralität. Ein Buch ließe sich von all dem Törichten und Bösen schreiben, was seine Landsleute selbst in Frankfurt und drei Meilen von da mir selbst anvertraut haben …« Er, Merck, glaube aber nicht, »daß von all dem auch nur ein Jota wahr wäre«.

Aber ob und was Merck glaubt, ist ziemlich unwichtig. In ganz Deutschland glaubt man die häufig übertriebenen Geschichten vom verrückten Goethe und seinem nicht weniger tollen Herzog. Schließlich mischt sich Klopstock ein, der sich als Doyan aller deutschen

Schriftsteller fühlt, und ermahnt Goethe, Vernunft anzunehmen. Aber der antwortet bloß: »Wir sind nicht schlimmer, und wills Gott besser als man uns sieht«. Die Stein sieht's schlechter und beklagt sein »unanständiges betragen mit Fluchen, mit pöbelhaften niederen Ausdrücken … er verdirbt (auch) andere«. Schließlich und endlich könne man ja wohl ein Genie sein und sich trotzdem anständig benehmen. »Ich fühls«, schreibt sie, »Goethe und ich werden niemals Freunde«. Die Stein wird auch in den langen Jahren ihrer Gemeinschaft mit Goethe immer erstaunlich kritisch bleiben und ihm ab und zu zeigen, dass sie nicht so sanft ist, wie er glaubt. Diese Frau ist eine gerade Natur, mit trockenem Humor, einem Erbteil ihrer schottischen Mutter. Goethe hat sich in der Charakterisierung der Stein genauso geirrt, wie er sich immer in der Beurteilung von Frauen irrte, die das Unglück hatten, von ihm geliebt und verlassen zu werden – obwohl er sich selbst natürlich für einen großen Kenner des anderen Geschlechts hielt. Herzog Karl August meinte, Goethe habe nur seine eigenen Ideen in den Frauen geliebt. Anders gesagt, er sah sie, wie er sie sehen wollte: verklärt, am liebsten in Weiß, wenn's ihn zu heftig überkam, schwebend.

Was immer auch die Absicht der Stein am Anfang ihrer Beziehung zu Goethe gewesen sein mag, sie bekommt den ungehobelten jungen Mann nun fast täglich zu sehen. Nachdem er erst einmal nach einer Steinschen Einführungslektion in Sachen »Wie benehme ich mich meinen Mitmenschen gegenüber« einen Wutanfall hat, schreibt er ihr: »Liebe mich du bestes aller weiblichen Wesen, das ich je kennengelernt, behalte mich recht, recht einzig lieb und glaube daß ich dein bin und dein bleiben will und muß.« Mit dieser Liebeserklärung ist er der Stein ein beträchtliches Stück voraus. Sie reicht ihm auch prompt noch eine Lektion nach und verbietet ihm das Du. »Da springt er wild auf vom Kanapee, sagt: ›Ich muß fort!‹ Läuft ein paarmal auf und ab, seinen Stock zu suchen, find't ihn nicht, rennt so zur Thüre hinaus, ohne Abschied« (Charlotte von Stein an Zimmermann).

Mit der Zeit aber wird sie die ihr angebotenen Gefühle akzeptieren, an Zimmermann schreibt sie: »Mir geht's mit Goethen wunderbar, nach acht Tagen, wie er mich so heftig verlassen hat kommt er mit einem Übermaß an Liebe wieder.« Sie ist bereit, ihm zu verzeihen, vergleicht ihn mit einem gefallenen Engel, der aber wie alle gefallenen Engel, mehr Verstand habe als die nicht gefallenen. Sie teilt Zimmermann mit, daß sie ihm von nun an nicht mehr auf Französisch, sondern auf Deutsch schreiben werde, Goethe habe sie dazu veranlasst, und seufzt: »… was wird er wohl noch mehr aus mir machen? Den wen er hier, lebt er immer um mich herum, jetzt nenn ich ihn meinen Heiligen«. In Goethes Garten an der Ilm trinkt sie mit ihm Kaffee und isst Spargel, »den er selbst gestochen und in einem Ziehbrunnen gewaschen«. Die Stein, die sich, bevor sie Goethe kennen lernte, bereits jenseits von Gut und Böse wähnte, hat jetzt einen Glanz in den Augen, den ihre Freundinnen bei ihr noch nie gesehen haben. Der Charme des Dichters hat sie verjüngt. Goethe ist der Spiegel, welcher ihr auf die Frage nach der Schönsten im ganzen Land keine unverschämten Antworten gibt, sondern stets aufs Neue behauptet: »Ihr, hohe Frau, ausschließlich Ihr.«

Trotzdem gibt es zwischen den beiden auch weiterhin Krach. Sie liegen sich in den Haaren wie ein altes Ehepaar, das die Rollenteilung nicht bewältigt hat. Goethe an die Stein: »Was Sie mir heut früh zulezt sagten, hat mich sehr geschmerzt, und wäre der Herzog nicht den Berg mit hinaufgegangen, ich hätte mich recht satt geweint. Auf ein Übel häuft sich alles zusammen! Ja es ist eine Wuth gegen sein eigen Fleisch wenn der Unglückliche sich Luft zu machen sucht dadurch daß er sein Liebstes beleidigt, und wenns nur noch in Anfällen von Laune wäre und Ich mirs bewusst sein könnte; aber so bin ich bey meinen tausend Gedancken wieder zum Kind herabgesetzt. Haben Sie Mitleid mit mir.« Dann aber begehrt er wieder auf, ist grob bis zur Flegelhaftigkeit. Die Stein gewöhnt ihm die Götz-Manieren ab. Sie macht ihn sogar einigermaßen hoffähig. Unter ihrer Regie lernt er, wie man sich formvollendet verbeugt, wann wem die Hand gereicht wird, wer wen in Gesellschaft vorstellen darf und wie das zu geschehen hat oder welcher Fürst mit »Durchlaucht« und welcher mit »Königliche Hoheit« anzureden ist. Doch das gehört in die Kategorie gutes Benehmen für Anfänger. Die Feinheiten lernt Goethe nie – auch von der Stein nicht –, obwohl er sich bemüht.

Wie ein Schüler schreibt er an seine Meisterin: »Ich versuche alles was wir zuletzt über Betragen, Lebensart, Anstand und Vornehmigkeit abgehandelt haben ...« Für sich selbst notiert er verärgert: »Die Hofleute müßten vor Langeweile umkommen, wenn sie ihre Zeit nicht durch Zeremonie auszufüllen wüßten.« Als Tänzer ist er bei Hof gefürchtet. Betritt Goethe das Parkett, bringen die Damen ihre Füße in Sicherheit. Beim Menuett irrt er umher und stolpert verzweifelt von Dame zu Dame. Nur selten erwischt er die richtige. Beim Contre danse ist er hilflos. Er beherrscht nur den Contre coup gegen das Schienbein oder auf den Fuß der Dame. Die Gräfin von Henckel-Donnersmarck, Großmutter der Ottilie von Pogwisch, die Goethes Schwiegertochter werden wird, soll einmal gespöttelt haben, wenn Goethe tanze, hinkten hinterher alle Hofdamen.

Seine menschlichen Fortschritte unter dem Einfluss der Stein aber sind vielfältig und tief. Er wird ernsthafter, erwachsener, verliert allerdings auch seine Unbefangenheit. Er sieht sich und sein Schaffen so kritisch wie nie zuvor. Als Schriftsteller wird er durch die Unmenge der Aufgaben, die er in der Administration des Herzogtums übernommen hat, fast unfruchtbar. Ein paar Gedichte entstehen, außerdem bedient er das Liebhabertheater der Herzogin Anna-Amalia, das ist alles. Zehn Jahre lang schweigt er sich aus. Nur Briefe schreibt er. Diese wären jedoch, so Charlotte von Stein, vielleicht auch Literatur. Sie jedenfalls wisse nie, ob ihr »Werther« oder Goethe schreibe. Briefe sind oft wochenlang die einzige Verbindung der beiden. Es ist ein Notbehelf, da mit Goethe gar nicht mehr zu reden wäre, ohne dass man sich gegenseitig verletze, schreibt die Stein. Goethe empfindet mit Beginn der achtziger Jahre eine »anhaltende Resignation«. Der Stein schreibt er: »Nein, meine Liebe zu Dir ist keine Leidenschaft, sie ist eine Krankheit.« Die Stein kann ihm da allerdings auch nicht helfen. Sie hofft auf Besserung und näht ihm gegen sein Rheuma Nachtwesten, von denen er sich wünschte, dass Charlotte sie vorher selbst getragen hätte, damit der Stoff von ihr »transsubstantiiert« ist. Er kann sie trotz aller Resignation immer noch riechen und schlüpft für einen Moment in ihr Schlafzimmer, um den ihm »so lieben Geruch« zu atmen. Allen Ernstes glaubt er, dass die Stein in einem vergangenen Leben seine Frau gewesen sei. An Wieland schreibt er: »Ich kann mir die Bedeutsamkeit, die Macht, die diese Frau über mich hat, anders nicht erklären als durch Seelenwanderung. Ja, wir waren einst Mann und Weib.«

Das erklärt natürlich alles, einschließlich des Seitensprungs, den er sich mit der Leipziger Sängerin Corona Schröter leistet. Moral in Herzensangelegenheiten ist nicht seine Sache. Das ist was für Philister. Die Schröter hat er schon als junger Student in Leipzig bewundert, jetzt holt er sie nach Weimar, für ein Salär von 400 Talern im Jahr. Goethe macht ihr zudem noch einen leichten Vertrag. Als Morgengabe erhält sie ein teures Kleid und die feinsten holländischen Taschentücher. An Herzog Karl August schreibt er: »Ich bin seit 24 Stunden nicht mehr bei Sinnen.« Die Stein bekommt zu lesen, dass er Gott darum bittet, ihm doch so ein Weib wie die Schröter zu bescheren. Und damit sie diese Zumutung ohne Tränen übersteht, fügt er hinzu, er könne sie, die Stein, dann endlich zufrieden lassen. Corona Schröter ist von nun an oft bei ihm im Gartenhaus an der Ilm, man flaniert auch gemeinsam durch den Park und liefert den Weimarer Klatschtanten ausreichend Gesprächsstoff. Sie trägt bei diesen Spaziergängen ein durchsichtiges Kleid, aber mit einem fleischfarbenen Trikot darunter. Der Herzog will plötzlich auch mit von der Partie sein, bekommt deswegen Ärger mit Goethe und konstatiert missmutig, nach einigen erfolglosen Versuchen, die Schröter für sich zu gewinnen, sie wäre schön und kalt wie Marmor. Seine Frau macht ihm eine Szene wegen des versuchten Seitensprunges, die Stein bedient Goethe in gleicher Weise und der beendet, nachdem nun auch die Schröter wegen des sich anbahnenden Klatsches ungemütlich wird, das Verhältnis und bittet die Sängerin um Verzeihung: »Laß uns freundschaftlich zusammenleben … das Vergangene können wir nicht zurückrufen, über die Zukunft sind wir eher Meister.« Die Stein scheint Goethe nichts nachgetragen zu haben, nur seine »Iphigenie«-Aufführung besucht sie nicht, aber das sicherlich deshalb, weil die Schröter die Titelrolle spielt.

Goethe macht nach dieser Affäre so weiter, als wäre nichts geschehen. Wie eh und je nennt er die Stein »Liebstes Geschöpf«, »Morgen- und Abendstern«, »Süße Unterhaltung meines innersten Herzens«, »Seelenführerin«, »Mein Magnet«, »Liebste«, »Einzigste«, »liebe Frau«. Er ist unerschöpflich im Erfinden immer neuer Kosenamen. »Einzige unter den Weibern, die mir eine Liebe ins Herz gab«, nennt er sie und »Meine Geliebte«, »Mein Engel« und »Liebes Gold«. Einmal gehen seine verbalen Liebkosungen im Überschwang der Gefühle aber daneben, da nennt er die Stein »Mein Schlaftrunk«, doch diesen wenig galanten Ausrutscher macht er rasch wieder wett. »Den Frauen und dir besonders«, schreibt er, »habe ich in der Stille des Morgens eine Lobrede gehalten« und »Durch dich habe ich einen Maasstab für alle Frauen …« Nachdem er das geschrieben hat, isst er bei der Stein zu Mittag – ohne den Hausherrn, der speist bei Hof. Danach promenieren er und die Stein im Ilmpark, begrüßen Freunde und Bekannte, nehmen Einladungen zum Tee an und am Abend geht es zum Bal paré ins Schloss.

Die Weimarer Gesellschaft nimmt nicht den geringsten Anstoß an dem Verhältnis, das genau genommen ein Ehebruch der Stein ist. Amouröse Geschichten sind am Hofe Herzog Karl Augusts gang und gäbe. Überhaupt sei ganz Weimar ein »Ort freizügigster Liebe«, schreibt 1798 ein Journalist. Gott Amor habe sich »dieser lieblichen Stadt bemächtigt« und alle, ob jung oder alt, würden sich ohne Bedenken seinem Zauber ergeben. Die Stein ist aber trotz des günstigen Umfeldes so bedenkenlos nicht. Auf die Rückseite eines Goethe-Briefes schreibt sie:

»Obs unrecht ist was ich empfinde – –
und ob ich büßen muß für die mir so
liebe Sünde
will mein Gewissen mir nicht sagen;
vernicht' es Himmel du
wenn, michs je könnt anklagen.«

Irgendwelche Schuldgefühle gegenüber ihrem Mann wird sie allerdings kaum gehabt haben. Josias von Stein ist ihr gleichgültig, so gleichgültig, dass sie, als ihr kranker Mann hinter ihr mühsam die steile Treppe im Haus an der Weimarer Ackerwand hinaufsteigend, ausgleitet und stürzt, einem Diener, ohne sich umzudrehen, zugerufen haben soll: »Räum er das mal weg!« Sollte diese Anekdote nicht wahr sein, ist sie doch gut erfunden, denn die Kälte, mit der Charlotte von Stein ihren Mann behandelt hat, ist verbürgt. Dabei ist dieser Josias von Stein weder ein Tyrann, der seine Frau kujoniert, noch ist er der senile Esel, als der er manchmal dargestellt wird. Er hat eine gute Ausbildung genossen, ist weit gereist und gilt, was damals in Hofkreisen sehr wichtig war, als ausgezeichneter Tänzer. Er sitzt vorzüglich zu Pferde, wenn er sitzt. Einmal sitzt er allerdings nicht, sondern stürzt und behält einen Schaden zurück. Er leidet danach häufig an Kopfschmerzen und an Depressionen.

Goethe behandelt den gutmütigen Mann, der im Bedarfsfall sogar die Briefe seiner Frau ins Goethehaus expediert, mit herablassender Freundlichkeit. Josias von Stein, der als Ehemann eigentlich das Haupthindernis der Beziehung hätte sein müssen, bereitet keine Schwierigkeiten. Der Oberstallmeister interessiert sich für das Liebesleben seiner Frau weniger als für das seiner Stuten. Man müsse mit Frauen mehr Geduld haben als mit Pferden, soll er einmal gesagt haben. Probleme hat Goethe nach wie vor nur mit Charlotte. An die schreibt er: »Ich schicke das Büchelgen nur zum Vorwande, denn du mußt mir noch ein Wort sagen, sonst hab ich keine Ruh. Ich bin dir viel schuldig, das weis ich wohl, aber du bist mir's auch. Laß mich nicht so …« – »Sag mir L.L. wie bist du aufgestanden? Sag mir ist es phisisch oder hast du etwas in der Seele was dich kränkt? Du glaubst nicht was dein Zustand mich gestern geängstigt hat. Das einzige Interesse meines Lebens ist daß du offen gegen mich seyn mußt. Das Eingeschlossene halte ich nicht aus. Lebe wohl. Der Deine.«

Nachdem sie ihn eine Zeit lang offensichtlich auf Entzug gesetzt hat, macht sie wenige Tage später alles wieder gut. Goethe an Charlotte von Stein: »Ich habe lange geschlafen und gut, dein frühes Zettelgen empfängt mich und ist der erste Grus des neuen Tages … Wie gern will ich mich heute durch die Blechkasten und Akten durch arbeiten, da ich zu dir mit Freuden meine Gedancken wenden kann … Meine liebste, meine einzigste, wie danck ich dir für alles was du mir thust …« Sie sei ein Teil von ihm selbst, schreibt er, und er wäre »kein einzelnes kein selbständiges Wesen mehr. Alle meine Schwächen hab ich an dich angelehnt, meine weichen Seiten durch dich beschützt, meine Lücken durch dich ausgefüllt. Wenn ich nun entfernt von dir bin so wird mein Zustand höchst seltsam. Auf der einen Seite bin ich gewaffnet und gestählt, auf der anderen wie ein rohes Ey, weil ich da versäumt habe mich zu Harnischen wo du mir Schild und Schirm bist.«

Das Finale dieser Beziehung kommt unmerklich. Anfang Juli 1786 reist die Stein zur Kur nach Karlsbad.

Goethe folgt ihr dorthin und begleitet sie auf dem Rückweg nach Weimar bis Schneeberg, um danach nach Karlsbad zurückzukehren. Dort feiert er noch seinen 37. Geburtstag. Am 3. September reist er in Richtung Italien ab und schreibt ihr: »Nun noch eine Lebewohl von Carlsbad aus, die Waldner (eine Hofdame der Herzogin Luise), soll dir dieses mitbringen; von allem was sie erzählen kann sag ich nichts; das wiederhohl ich dir aber daß ich dich herzlich liebe daß unsre letzte Fahrt nach Schneeberg mich recht glücklich gemacht hat und daß deine Versicherung: daß dir wieder Freude zu meiner Liebe aufgeht, mir ganz allein Freude ins Leben bringen kann. Ich habe bisher im Stillen gar mancherley getragen, und nichts so sehnlich gewünscht als daß unser Verhältnis sich so herstellen möge, daß keine Gewalt ihm was anhaben könne. Sonst mag ich nicht in deiner Nähe wohnen und ich will lieber in der Einsamkeit der Welt bleiben, in die ich jetzt hinaus gehe. Liebe mich herzlich und mit Freuden, mein ganz Gemüth ist dein. Du hörst bald von mir, Adieu.«

Wo diese Einsamkeit der Welt ist, in die er unter dem Namen Johann Philipp Möller »jetzt hinaus geht«, teilt er der Stein jedoch nicht mit. Die bewahrt nur nach außen die Fassung und schreibt ihrer Freundin Lotte von Lengefeld: »Ein bißchen unartig hat er (Goethe) seine Freunde verlassen«, tatsächlich aber ist sie völlig verzweifelt und möchte fort, weiß aber nicht, wohin, fühlt sich ganz verarmt, und in einem Gedicht schreibt sie im September 1786 schließlich:

»Ihr Gedanken fliehet mich
Wie mein Freund von mir entwich!
Ihr erinnert mich der Stunden
Mit ihm liebevoll verschwunden
O, wie bin ich nun allein,
Ewig werd ich einsam sein.«

Goethes Verhaltensmuster beim Eingehen und Auflösen eines Liebesverhältnisses ist auch hier das für ihn typische: Der Phase stürmischer Verehrung folgte die der Qual und dann die Flucht. Die Gründe liegen keineswegs im Unklaren. Er verlässt Weimar, um wieder zu sich selbst zu finden und um das für ihn im wahrsten Sinne des Wortes unbefriedigende Verhältnis mit der Stein zu beenden. Die Erfahrung, wie die zu seinem Adlatus Riemer geäußerte, dass »die Begattung die Schönheit zerstöre«, hat auch bei Goethe nie die Lust auf wiederholte Überprüfung ausgeschlossen. Die Stein, das ist ihm im Laufe der Jahre klar geworden, war nur bereit, ihre Rolle als Schwester, Mutter und als Seelenliebste zu spielen, nicht aber die der Geliebten bis zur natürlichen letzten Konsequenz. Denn den Beischlaf hatte sie bereits freudlos mit ihrem Mann hinter sich gebracht. Was sie aber noch nie erlebt hatte, war, dass man sie um ihrer selbst willen liebte. Das geschah durch Goethe, und da fand sie Erfüllung. Wozu also etwas wiederholen, was ihr alles andere als ein Vergnügen gewesen war?

Dass Goethe möglicherweise irgendwann mehr von ihr erwarten könnte, kam Charlotte von Stein nie in den

Sinn. Die vielfachen Signale, die sie von ihm erhielt, seine erotischen Schnüffeleien etwa, die ja nichts weiter als sexuelle Entzugserscheinungen waren, hat sie nicht verstanden oder nicht verstehen wollen. Goethe befand sich seit dem Frühjahr 1781 – hier bekam die Beziehung eine neue Qualität – in einer ähnlichen Situation wie der Hauslehrer der schönen Branconi Karl Matthäi, über den er sich noch ein Jahr zuvor in einem Brief an Lavater mit den Worten amüsiert hatte: »Mir ist herzlich lieb, daß ich nicht an Matthäis Platz bin, denn es ist schon ein verfluchter Posten, das ganze Jahr par devoir wie Butter in der Sonne zu stehen.« Bereits im Juli 1781 hatte er der Stein geschrieben, »ein böser Genius rate ihm zur Flucht«. Sie hat das nie ernst genommen. Noch am 28. August 1786, zu Goethes Geburtstag, legt sie ihm ein kleines Geschenk in den Schreibtisch, im Glauben, dass er's am nächsten Tag finden wird. Aber Goethe kehrt erst nach zwei Jahren zurück.

Am 10. Oktober 1786 schreibt er Charlotte von Stein: »Jetzt darf ichs sagen, darf meine Krankheit und Torheit gestehen. Schon einige Jahre habe ich keinen lateinischen Schriftsteller ansehen, nichts was mir ein Bild von Italien erneuerte, berühren dürfen, ohne die entsetzlichsten Schmerzen zu leiden. Hätt ich nicht den Entschluß gefasst, den ich jetzt ausführe, so wäre ich rein zugrunde gegangen und zu allem unfähig geworden, solch ein Grad von Reife hatte die Begierde, diese Gegenstände mit Augen zu sehen, in meinem Gemüt erlangt.« In einem Brief an Herder heißt es: »Versöhnt mir Frau von Stein und den Herzog, ich habe niemanden kränken wollen und kann nun auch nichts sagen, um mich zu rechtfertigen.« Aber die Stein ist bereits nicht mehr zu versöhnen, sie fordert von ihm ihre Briefe zurück. Goethe reagiert zerknirscht und bekennt sich reumütig schuldig. Es fällt schwer, an seine Aufrichtigkeit zu glauben, denn die Stein ist ihm »abgestorben«. Es dürften Nützlichkeitserwägungen gewesen sein, die ihn veranlassten, bei ihr um gut Wetter zu bitten. Er weiß nämlich gegen Ende des Jahres 1786 noch nicht, wie es mit ihm in Weimar weitergeht. Den Herzog bittet er, ihm doch endlich auf seine Briefe zu antworten. Er will nicht »einsam in die Welt hinaus gestoßen« sein. Er wäre schlimmer dran als ein Anfänger, wenn er das »Zurückgelassene nicht auch erhalten« könnte. Goethe braucht jetzt verständnisvolle Freunde und die Stein ist als 1. Hofdame und Vertraute der Herzogin nicht ohne Einfluss. Seinem Freundeskreis in Weimar teilt er mit, dass er von einer ungeheuren Leidenschaft geheilt sei und wieder »zum Lebensgenuß, zum Genuß der Geschichte, der Dichtkunst und der Alterthümer« fähig sei.

Dem Herzog offenbart er Intimeres. Die neue Umgebung habe bei ihm die Lust an der Lust geweckt. Nur mangele es an Gespielinnen. Bei den deutschen Malern, bei denen er sich in Italien einquartiert hat, gäbe es zwar genügend Mädchen und junge Frauen, die sich als Modelle zur Verfügung stellten, die seien entzückend und »mitunter auch gefällig sich beschauen und genießen zu lassen«, aber man laufe bei ihnen leider auch Gefahr, sich eine Geschlechtskrankheit zuzuziehen. »Die öffentlichen Mädchen« seien in dieser Beziehung genauso unsicher und die »Zitellen sind keuscher als irgendwo, sie lassen sich nicht anrühren und fragen gleich, wenn man artig mit ihnen tut: e che concluderemo? Denn entweder soll man sie heiraten oder sie verheiraten und wenn sie einen Mann haben, dann ist die Messe gesungen.« Einige Monate später aber kann er dem Freund dann doch von »anmutigen Spaziergängen in den süßen Gärten der Liebe« berichten. Und genussvoll steht da der Nachsatz, dass dergleichen mäßige Bewegung das Gemüt erfrische und den Körper in ein köstliches Gleichgewicht bringe.

Im Juni 1788 trifft Goethe wieder in Weimar ein und ist enttäuscht. Den Freunden ist er fremd geworden. Sein Lamentieren über den Verlust des schönen Italien lässt sie kalt. Seine neu gewonnene Sicht auf die Antike interessiert niemanden. Die Stein zieht sich nach Kochberg zurück. Sie hat über einen missratenen Liebhaber zu klagen, der, kaum dass er wieder in Weimar ist, sich mit Christiane Vulpius ein Liebchen ins Haus holt, das auch noch beleidigend unstandesgemäß ist. Was zu viel ist, ist zu viel. Da kann Goethe jetzt noch so sehr darum bitten, freundlich miteinander abzurechnen. Die Stein will es unfreundlich. Es sei denn, er beendet sein Verhältnis mit der Vulpius. Goethes Antwort auf das Ansinnen ist von ungewohnter Schärfe: »Leider warst du, als ich ankam in so sonderbarer Stimmung und ich gestehe aufrichtig: die Art, wie du mich empfingst«, war »für mich äußerst empfindlich …« und »das alles ehe von einem Verhältniß die Rede seyn konnte das dich so sehr zu kränken scheint. Und welches Verhältniß ist es? Wer wird dadurch verkürzt? Wer macht Anspruch an die Empfindungen die ich dem armen Geschöpf gönne? Wer an die Stunden die ich mit ihr verbringe? … die Art wie du mich bisher behandelt hast, kann ich nicht erdulden. Wenn ich gesprächig war hast du mir die Lippen verschloßen, wenn ich mittheilend war hast du mich der Gleichgültigkeit, wenn ich für Freunde thätig war der Kälte und Nachlässigkeit beschuldigt. Jede meiner Minen hast du kontrolliert, meine Bewegungen, meine Art zu seyn getadelt und mich immer mal a mon aise gesetzt. Wo sollte das Vertrauen und Offenheit gedeihen, wenn du mich mit vorsätzlicher Laune von dir stießest.«

Nachdem Goethe der Charlotte von Stein so drastisch klar gemacht hat, dass er schließlich kein dummer Junge sei, mit dem man nach Belieben umspringen könne, gibt er ihr den Rest, indem er ihr vorwirft, sie würde zu viel Kaffee trinken, und das sei schuld an ihrer »hypochondrischen Gemütslage«. In hilfloser Wut malt diese daraufhin auf jenen Brief ein großes O und setzt drei Ausrufezeichen dahinter. Von nun an herrscht bis 1794 eisiges Schweigen zwischen den beiden. An ihren Sohn Fritz schreibt die Stein, dass sie ein solches Mitleid mit Goethe habe, dass sie weinen könnte. Sie habe auch wieder etwas Schlechtes von ihm gehört. »Wenn ich ihn nur aus meinem Gedächtnis wischen könnte.«

In dieser Zeit schreibt Charlotte von Stein auch ein Bühnenstück, ein Drama, das sogar das Lob Friedrich Schillers findet. Es heißt »Dido«. Die Stein ist darin die Elissa, Goethe ist Ogon, der Hofpoet! Und zwischen den beiden findet u.a. folgender Dialog statt: »Elissa: Einmal betrog ich mich in dir, jetzt aber sehe ich allzugut, ohngeachtet des schönen Kammstrichs deiner Haare und deiner wohlgeformten Schuhe, dennoch die Bockshörnerchen, Hüfchen und dergleichen Attribute des Waldbewohners und diesen ist kein Gelübde heilig. – Ogon: Diese falschen Vorstellungen kommen von einem dir ungesunden Trank her, den ich dir verwies.« Sie bezeichnet den bei seinem Küchen- und Bettschatz Christiane ziemlich unförmig gewordenen Goethe als »dicken Geheimrat«, er sei völlig verunstaltet und fett »mit kurzen Armen, die er ganz gestreckt in beiden Hosentaschen hielt«. Sie sieht Goethe in den »moralischen Niederungen«, weint, keift, spottet, sobald sie auf ihn zu sprechen kommt. Caroline von Beulwitz schreibt: »Die Stein ist aufgerieben in sich. Arme Seele! Sie schmerzt mich, vielleicht ist sie ein sehr gutes Wesen, das ein besseres Genius hätte leiten sollen.«

Goethe begegnet der Stein nun mit rationaler Kühle. Er hat seine »Steinzeit« hinter sich gebracht. Diese war ein wichtiger Abschnitt seiner Entwicklung, die ihn jetzt in die Höhe trägt, doch sie ist vorbei. Es hat zwar 1794 noch einmal eine Annäherung zwischen ihm und Charlotte von Stein gegeben, aber die alte Vertrautheit ließ sich nicht wieder herstellen. Die Stein ist in ihren Briefen an Goethe von nun an förmlich, dann wieder distanziert freundlich. 1798 schreibt sie an ihn: »Sehr ungern belästige ich Sie mit meinem Anliegen … und ziehe Sie aus dem Geschäfte der Musen in das irdische …« 1802: »Mit einem Gutenmorgen und vielen Dank … bitte ich

Sie, guter Geheimrat, manchmal meiner zu gedencken«. 1804: »Ich höre sie sind krank, lieber Geheimrat; da alles um mich herum stirbt, so wird mir angst für alles was mir lieb ist, sagen Sie nur ein freundschaftliches Wort, daß Sie leidlich sind«. Einige Male ist sie so übertrieben unterwürfig, dass man in Kenntnis ihrer gelegentlichen ironischen Anwandlungen misstrauisch wird: »Tausend, tausend Dank allerbester, liebenswürdigster Geheime Rat«, »Recht innigster Dank lieber, bester, verehrter Meister«. Einmal besucht sie der »Liebste, Beste, Verehrteste« und sie lässt ihn auf einer harten Holzbank Platz nehmen. Am nächsten Tag erkundigt sie sich blauäugig nach dem Befinden des Allerwertesten: »Wie befinden Sie sich, lieber Geheimrat, nach dem gestrigen harten Sitz auf meiner Bank«. Ja, wie wird er sich wohl befunden haben mit lahm gesessenem Steiß! Diese Tochter einer schottischen Mutter hat nicht nur den trockenen Witz dieses Inselvolkes geerbt, sondern möglicherweise auch dessen sprichwörtlichen Geiz oder sie hat sich mit dem »Angriff« auf die Kehrseite des Herrn Geheimrates einfach eine kleine Bosheit geleistet. Ganz unschuldig, so darf man sich vorstellen, klappert sie mit den Augenlidern und fährt in dem Brief fort: »Ich habe mir Vorwürfe gemacht, dass ich Ihnen keinen Stuhl kommen ließ.«

Im Wesentlichen aber reagiert die Stein ihre Hassliebe mit bissig ironischen Bemerkungen über Goethe in Briefen an ihren Sohn Fritz und an Charlotte von Schiller ab. Dass Goethe einiges davon erfährt, ist anzunehmen. Aber er hat sich nie etwas anmerken lassen. Er war vor allem um Christianes willen, die von den Weimarer Damen geschnitten wurde, an einem guten Verhältnis mit der Stein interessiert. Denn gab die ihre Vorurteile über die »Mamsell Vulpius« auf, hätte das die Haltung der anderen günstig beeinflusst. Einmal gibt er Christiane sogar den Auftrag, der Stein eine Torte zu senden. Doch das wird ein Misserfolg. Und die Stein schreibt der Schiller: »Stellen Sie sich vor, daß die Jungfer Vulpius mir eine Torte zum Geburtstag geschickt hat; Goethe ist ein ungeschickter Mensch … konnte er nicht ein Zettelchen dazu schreiben, anstatt daß die Magd mit dem stattlichen Kuchen und einem Compliment von Mlle. V., eben da ich Besuch hatte, mir ins Kabinett trat. Das giebt nun eine ordentliche Stadtgeschichte, wo ich darüber ausgelacht werde …« 1814 hat sie endlich ein paar freundliche Worte für Christiane: »Für die gestrigen Rübchen«, schreibt sie an Goethe, »schließ ich Ihnen, oder vielmehr der lieben Hausfrau, den schönsten Dank bei, das Gericht war sehr gut.« Die Verbindung Goethes mit Christiane Vulpius aber hat sie immer als Mesalliance empfunden. Für Goethe, das Genie, trotzt sie sich im Laufe der Zeit einige Zugeständnisse ab. Das Unbehagen über den einstigen Geliebten aber bleibt.

Die Stein ist an ihrem Lebensabend einsam, und sie ist allein. Die Freunde sind ihr weggestorben oder sie sind weggezogen. Ihr Lieblingssohn Fritz ist Generalrepräsentant im fernen Schlesien. Sie sitzt nun oft unter ihren Orangenbäumen an der Ackerwand und schaut zu den Bäumen des englischen Parks hinüber, die Goethes Gartenhaus an der Ilm verdecken. Manchmal schreibt sie ihm noch: »… mir aber erbitte ich, verehrter Freund, Ihr freiwilliges Wohlwollen auf meiner noch kurzen Lebensbahn«. Charlotta Ernestina Bernhardina Freifrau von Stein, geboren am 25. Dezember 1742 zu Eisenach, stirbt am 26. Januar 1827 in Weimar.

Christiane von Goethe (Vulpius)

Nach einer Kreidezeichnung von Friedrich Bury, 1800.
(Goethe-Nationalmuseum, Weimar)

Jetzt hat Goethe wirklich alle gegen sich. Selbst die Schöngeister sind empört über sein Verhältnis mit dieser Christiane Vulpius. Er könnte sich schließlich eine Maitresse halten. Aber sich ein Mädchen aus den Weimarer Hinterhöfen ins Haus zu holen, mit ihr in einer eheähnlichen Gemeinschaft zu leben, ein Kind zu zeugen und sie dann mit dem Bastard nicht abzuschieben, wie es üblich ist, sondern sie auch noch zu heiraten, das geht zu weit. Diese Christiane ist nichts, hat nichts, kann nichts. Die hat ja noch nicht einmal Goethe gelesen. Ja, wahrscheinlich kann sie überhaupt nur sehr schlecht lesen. Schreiben jedenfalls fällt ihr schwer. Selbst zur gesellschaftsfähigen Konversation ist sie unfähig. Man kann sich mit ihr bestenfalls über das Anfertigen von Kunstblumen unterhalten, und auch da gäbe es Schwierigkeiten, denn sie spricht ein sehr breites Weimarisch.

Goethe stört all das nicht. Denn er ist Augenmensch, und was er sieht ist allerliebst, als die 23-jährige Christiane ihm, dem fast 40-Jährigen, am 12. Juli 1788 im Weimarer Ilmpark gegenübertritt. Sie bittet ihn um Protektion für ihren Bruder. Es ist ein sonniger Nachmittag. Blumen blühen, die große Wiese am »Stern« duftet und überall schlendern verliebte Pärchen auf den verschlungenen Parkwegen auf der Suche nach einer freien Bank. Man steht ein bisschen ungünstig inmitten dieses regen Verkehrs. Das Mädchen lächelt: kirschroter Mund, weiße Zähne, brennend schwarze Augen. Goethe geht mit ihr ins Gartenhaus, da ist man ungestört, da steht auch sein Bett. Vorausgegangen ist kein heftiges Werben seinerseits. Die beiden sehen sich zum ersten Mal. Es war daher auch keine Gelegenheit, zu verzweifeln und irgendwelche Briefe über seine zerrissene Seele an irgendjemanden zu schreiben. Ein Gedicht schreibt er dennoch über diesen 12. Juli. Aber erst 25 Jahre später. Alles geht so rasch an diesem Nachmittag, dass er nicht einmal dazu kommt, das Mädchen zu verführen, sondern, und das ist für ihn eine neue Erfahrung, sie ist schneller als er und verführt ihn. In den Römischen Elegien dreht er das ein wenig herum und schreibt: »Laß dich Geliebte, nicht reun'n, daß du mir so schnell dich ergeben/ Glaub es, ich denke nicht frech, denke nicht niedrig von dir.«

Niedrig denken andere. Die Weimarer Hofgesellschaft glaubte anfänglich an eine Liaison. Zu groß schien die Kluft zwischen den beiden Liebenden, als dass da etwas Dauerhaftes hätte entstehen können. Für Goethe aber war der soziale und intellektuelle Abstand zu dem Mädchen bedeutungslos. Er hat Menschen stets nach anderen Kriterien beurteilt, sie in tüchtige und untüchtige oder in nützliche und unnütze eingeteilt. Christiane ist für ihn die Frau, die »nicht alles gar zu genau« nimmt, die ihn liebt und unablässig für ihn sorgt. Ihre Mitgift ist ihr Humor, ihre Natürlichkeit, ihr ganzes unkompliziertes Wesen. Der »Bett- und Küchenschatz« ist eine Bereicherung seines Lebens. Glücklich teilt er Herzog Karl August mit, dass er nun »den Lustgewinn durch alle zwölf Kategorien« der Liebe genießen könne.

Dieser Lustgewinn ist denn auch Gegenstand entrüsteter Kommentare. Der kleine Unterschied zwischen den beiden Liebenden regt die Weimarer noch mehr auf als der große. Genusssüchtig sei Goethe geworden, sagt Herder, und als Goethe in Schillers Zeitschrift »Horen« einige erotische Gedichte veröffentlicht, meint er bissig, man müsse von nun an die »Horen« mit »u« schreiben. Der Journalist Joseph Rückert schreibt 1799, in Weimar hieße es, Goethe »dichte am besten in der Speisekammer, so wie, nach seinem eignen Geständnisse, im Schoße der Mädchen«. Die Stein meldet sich natürlich auch zu Wort. Sie glaubt zu wissen, dass Goethe sich nun nicht mehr mit der Verbesserung der Welt herumplage »und je mehr ihn diese Dinge sonst gequält und er sie durchdacht, hat er sich gemütlich darüber zur Ruhe gesetzt«. Er habe jetzt »eine gute Gesundheit und mehr Fleisch im Topf als der arme Rousseau, um sich gute Bouillons kochen zu lassen«. Goethes Behagen ist in der Tat groß. An Herder schreibt er, dass er keine vergnügte Stunde haben werde, bis er nicht mit ihm zur Nacht gegessen und bei seinem Mädchen geschlafen habe. »Wenn mein Mädchen mir treu ist, mein Kind lebt, mein großer Ofen gut heizt, so habe ich weiter nichts zu wünschen.«

Christiane, die im Haus am Frauenplan neben dem großen Ofen für Wärme zuständig ist, wartet indessen darauf, dass Goethe erscheint. Sie wird oft und sie wird lange warten müssen. Bereits kurz nach der Geburt seines Sohnes 1789 verabschiedet er sich und reist nach Venedig. Erst im Juni 1790 kehrt er zurück und verlässt Christiane bereits im Juli abermals. In den Jahren 1792, 1793, 1797, 1808, 1810, 1813 und 1815 ist er fünf- bis sechs Monate nicht in Weimar. Seine Ehe setzt er schriftlich fort: »Lebe wohl, ich bin immer bei euch.« Christiane antwortet: »Es ist mir heute so zu Muthe, als könnte ich es nicht länger ohne Dich aushalten ... Ich weiß gar nicht, was ich vor Freude thun werde, wenn ich von Dir hören werde, daß Du wieder auf der Rückreise bist ... Ich habe es Dir immer seither verschwiegen, aber länger will es nicht gehen ... wenn Du nach Italien oder sonst eine lange Reise machst und willst mich nicht mitnehmen, so setze ich mit Gustel hinten darauf, denn ich will lieber Wind und Wetter und alles Unangenehme auf der Reise ausstehen, als wieder so lange ohne Dich sein.« Goethe rühren solche Zeilen nicht. Er ist Gast in dieser seltsamen Ehe und entzieht sich den aufreibenden »Kleinigkeiten« des Alltags: den Krankheiten seines Sohnes und denen von Christiane, des Ärgers mit irgendwelchen Pächtern und Lieferanten, den Querelen mit dem Hauspersonal.

Christiane muss mit allem allein fertig werden. Die Hauswirtschaft, für die sie zuständig ist, hat enorme Ausmaße. Etwa zwanzig Räume, viele Treppen, Korridore, verwinkelte Kammern und Ecken sind sauber zu halten. Das Wäschewaschen und Bügeln nimmt oft Tage in Anspruch. Sie überlässt das nicht allein dem Personal, sie hilft mit. Außerdem hat sie zwei Gärten zu pflegen und es muss Vorratswirtschaft betrieben werden, die wegen der vielen Gäste und der extravaganten Lebensführung Goethes sehr umfangreich ist. Christiane an den abwesenden Goethe im Juni 1793: »Habe mich lieb und denke an mich, ich habe Dich ja jeden Augenblick im Sinn und denke nur immer, wie ich im Haushalt alles in Ordnung bringen will, um Dir damit etwas Freude zu machen.« August 1793: »Diesen Monat geht auch das Einmachen an, überhaupt gibt es immer zu tun, wenn man eine Wirtschaft in Ordnung halten will.«

Goethes Rolle als Hausvater beschränkt sich darauf, an die ohnehin fast überforderte Christiane zu appellieren, doch »recht thätig« zu sein. August 1792: »Bring das Haus hübsch in Ordnung und schreibe mir von Zeit zu Zeit.« Juni 1793: »Schreibe mir auch von den Garten, ich höre gern, daß im Haus die Arbeit hinter einander weg geht.« Juli 1793: »… richte das Hauswesen nur recht gut ein und putze mir recht auf, daß ich mich freue, wenn ich zurück komme.« April 1796: »Versäume ja nicht, sogleich Spinat zu säen.«

Christiane war auch damit betraut, Goethes Nebenhaushalt in Jena mit Lebensmitteln zu versorgen. Er beschwert sich sofort, wenn ihr dabei einmal ein Fehler unterläuft und schreibt: »Gib etwa Überbringerin mündlich Aufklärung wie es mit meinem roten Wein aussieht, und ob Du Dich nicht etwa vergriffen hast. Denn der an mich geschickte, rotgesiegelte ist viel dunkler als der sonstige.« Christiane 1805, an den Bremer Arzt Nicolaus Meyer: »Es ist also die ganze große Last der großen Haushaltung auf mich gewälzt, und ich muß fast unterliegen.« 1806 schreibt sie an ihn: »Meine Arbeiten und Bemühungen häufen sich alle Tage mehr, und ich komme fast den ganzen Tag nicht zu mir selbst; und wegen der Preußen, die bei uns sind, haben wir alle Tage etliche Offiziere zu Tisch und auch welche im Hause. Und nun kommt noch hinzu, daß ich dieses alles allein besorgen muß.« Bei Goethe beklagt sie sich einmal naiv: »Mit Deiner Arbeit ist es schön; was Du einmal gemacht hast, bleibt ewig, aber mit uns armen Schindludern ist es ganz anders«, ihr seien die Gurken im Garten von den Schnecken aufgefressen worden »und ich muß wieder von vorne anfangen ...« Er antwortet ihr, ohne auf den Vergleich seiner Dichtung mit ihren Gurken einzugehen, trocken: »Tröste dich ja über deine Gurken und sorge recht schön für alles, du machst mir recht viel Freude dadurch.«

Ihm Freude zu machen, scheint überhaupt der Sinn ihres Lebens gewesen zu sein. Christiane gibt aber nicht nur, sie empfängt auch. Goethe ist der zärtlichste und aufmerksamste Liebhaber, den man sich denken darf. Es gibt unzählige Beispiele dafür, wie sehr sich ihr »superbster Schatz« um sie bemüht, auch dann an sie denkt und sie mit Liebe umgibt, wenn er in Teplitz, Karlsbad oder in Venedig ist. Doch während er die Liebe aus der Distanz braucht, will Christiane ständige Nähe. Sie erwartet ihn stets »mit der größten Sehnsucht«. Diese Abhängigkeit wird durch ihre gesellschaftliche Isolation noch verstärkt. An Nicolaus Meyer schreibt sie, dass sie nicht einen einzigen Freund habe, dem sie sich anvertrauen könne. Als 1798 das Gerücht umgeht, Goethe wolle ein Fräulein von Imhoff heiraten, ist Christiane fassungslos. Sie gibt zwar »malicieuse Antworten«, aber »weil ich immer daran denke, so habe ich heute Nacht davon geträumt«, schreibt sie ihm. »Das war ein schlimmer Traum, den muß ich Dir wenn Du kömmst, erzählen. Ich habe dabei so geweint und laut geschrien, daß

mich Ernestine (ihre Stiefschwester) aufgeweckt hat, und da war mein ganzes Kopfkissen naß.«

Die Weimarer Gesellschaft, allen voran die Damen Schiller, Stein und Herder, sorgt unablässig mit der Verbreitung immer neuer Gerüchte dafür, dass Christiane nicht zur Ruhe kommt. Die Herder versteigt sich in einem Brief an ihren Mann sogar zu der Bemerkung, Christiane wäre vor einiger Zeit noch eine allgemeine Hure gewesen. Selbst Goethe wird benutzt, um Christiane zu demütigen. Bei einem Spaziergang durch den Park nimmt ihn der Oberforstmeister von Nordheim beiseite und sagt: »Ich habe dein Mensch besoffen gemacht, schick' sie nach Hause!« Und Goethe schickt tatsächlich die völlig nüchterne Christiane zurück zum Frauenplan.

Als die Frau von Stael Weimar besucht, hechelt man das Leben der »Vulpia« mit besonderer Gehässigkeit durch und Goethe antwortet auf einen Brief von Christiane: »Daß sie in Weimar gegen Frau von Stael Übles von Dir gesprochen, mußt Du Dich nicht anfechten lassen. Das ist in der Welt einmal nicht anders, keiner gönnt dem anderen seine Vorzüge, von welcher Art sie auch seien; und da er sie ihm nicht nehmen kann, so verkleinert er, oder läugnet sie, oder sagt gar das Gegenteil. Genieße also, was Dir das Glück gegönnt hat, und was Du Dir erworben hast, und suche Dirs zu erhalten. Wir wollen in unserer Liebe verharren und uns immer knapper und besser einrichten, damit wir nach unserer Sinnesweise leben können, ohne uns um andere zu bekümmern.«

Nachdem Christiane im Oktober 1806 auf deutscher Seite als einzige erfolgreich in den preußisch-französischen Krieg eingegriffen und Goethe vor einem halben Dutzend marodierender Franzosen gerettet hatte, wurde endlich geheiratet. Damit ist sie als Ehefrau legitim, muss sich vor Goethes Gästen nicht mehr verstecken und bekommt während einer Nachmittagsgesellschaft von Johanna Schopenhauer sogar eine Tasse Tee gereicht. Ihr neuer Status ändert die Meinung der Weimarer über sie aber nicht. Sie bleibt der dumme, unmoralische Trampel. Christiane reagiert, von den ewigen Querelen genervt, mit Übergewicht. Sie isst und trinkt entschieden zu viel und zu gut. Die Damen nennen sie jetzt »Goethes dicke Hälfte«. Trotz zunehmender Fülle tanzt sie aber dennoch von einem Dorfball zum anderen und kutschiert, wild mit der Peitsche knallend, durch Weimar.

Diese Vergnügungssucht wurde oft als Ausdruck ihrer unbändigen Lebenslust gedeutet. Der Goethebiograf Richard Friedenthal ist da realistischer, wenn er in der Maßlosigkeit Christianes etwas Verzweifeltes sieht. Sie erkrankt immer häufiger. Diese ihre Krankheiten sind nicht immer organisch bedingt. Eine Bekannte meint, der »Christiane sei die Seele wund«. In Christianes Tagebuch heißt es: »Heut garnicht wohl« oder den ganzen Tag »unwohl befunden« und »Wegen der unfreundlichen Witterung verdrüßlich«. An Meyer schreibt sie, es sei ihr »alles verhaßt« und doch fehle ihr eigentlich nichts, »ich habe alles, was ich mir wünsche«. Alles hat sie freilich nicht. Goethe fehlt. Denn der weilt in Jena und lässt sich von Silvie von Ziegesar zu einigen Gedichten inspirieren. Die Ziegesar ist keine seiner vielen flüchtigen Liebschaften. Der 60-Jährige hat sich in das 40 Jahre jüngere Mädchen verliebt. 1808 steigt er ihr in einem Gedicht nach, das mit den Zeilen endet: »Folge so dir immer, wie sich's wölken mag/ Heitrer Sonnenschimmer, dir zum ganzen Tag/ Trotz dem Wetterbübchen' geht's dir jungem Blut/ Tochter, Freundin, Liebchen, wie du's wert bist, gut.«

Minchen Herzlieb, Pflegetochter der Jenaer Familie Fromman, gehört auch zu den Auserwählten. Er liebt sie platonisch und seziert, da sie in seiner Nähe nicht die erwünschten Auflösungserscheinungen zeigt, wenigstens ihren Namen: Minne – Herz – Lieb. Sie ist ein stilles, freundliches Mädchen, seelisch Ulrike von Levetzow verwandt. Nach ihrer Heirat 1821 wird sie gemütskrank und stirbt in einer Nervenklinik.

Weniger ernsthafterer Natur sind Goethes Beziehungen zu der Jenenserin Pauline Gotter und zu Luise Seidler. Das sind »Miselleien«. Bettina Brentano, die sich ihm 1807 in Weimar anbietet, ist in die gleiche Kategorie einzuordnen. Zählt man Christiane, die Hauptfrau, hinzu, so umfasst sein Harem in den Jahren 1807 bis 1810 ein halbes Dutzend Frauen und Goethe hat einige Male Schwierigkeiten, die Fäden zu entwirren. Eine Frau von Eybenberg schickt ihm Münzen für seine Sammlung und Schokolade nach Weimar, einmal auch vier Fässchen Kaviar. Marianne von Eybenberg ist eine vielumworbene schöne Frau. Einmal besucht er sie heimlich in Dresden. Kennen gelernt hat er sie in Karlsbad. Dort macht er die meisten Eroberungen. Christiane mag den Namen denn auch kaum noch hören. Unmittelbar vor einer Reise dorthin notiert Riemer in seinem Tagebuch: »Zu Knebel, wo Goethe und seine Frau. Eifersüchtiges Weinen derselben. Deßhalb bald nach Hause. Nachher zusammen, doch sie ohne Antheil … Mittags die Geh. Räthin zu Tische. Verdrießlichkeit aus Eifersucht. Apaisiert hernach …« Ein anderer Zeitzeuge schreibt 1808, dass Goethe bei Wein, Weibern und Gesang ein ewiger Frühling blühen würde. »Verliebt sein ist die Weise des Hauses, verliebt ist jedermann, der darin ein- und ausgeht, ich war zuletzt wahrhaft besorgt, auch uns würde die Epidemie ergreifen. So hat er diesen Sommer in Karlsbad ein Liebchen gehabt, dem er seine süßen Lieder gesungen …«

Christiane ist ständig bemüht, ihn am Frauenplan sesshaft zu machen. Einmal schreibt sie ihm nach Jena: »Es würd vielleicht mit dem Arbeiten hier besser gehn als sonst. Du kannst hier wie in Jena vom Bette dictieren, und ich will des Morgens nicht ehr zu Dir kommen, bis Du mich verlangst. Auch Gustel soll früh nicht zu Dir kommen. Komm nur bald.« Goethe kommt nicht bald, sondern später und auch dann nur für kurze Zeit. Er gibt die anregende Jenaer Freiheit nicht auf. Anders als Rousseau, der meinte, dass er bei seiner Therese genügend Gefühl nicht nur fürs Herz, sondern auch für den Geist fände und deshalb nicht anderswo nach Nahrung suchen müsse, kann Goethe auf die »Vielfalt der Blumen, in seinem Gärtchen« nicht verzichten. Diese Vielfalt fördert seine Kreativität.

Und so kommen ständig neue Geliebte ins Spiel. Caroline Ulrich ist eine von ihnen. Die Uline, Uli, das Carolinchen, der kleine Mandarin oder Chinese, wie sie wegen ihrer etwas schrägstehenden Augen genannt wird, ist 17 oder 18 Jahre alt und wird als Gesellschafterin für Christiane ins Hause geholt. Als solche ist sie Reisebegleiterin, Vorleserin und sie besorgt Christianes Korrespondenz. Knebel nennt sie das »helläugige Nebengeschöpf«. Goethe diktiert ihr gern seine Manuskripte. Es gibt Vertraulichkeiten zwischen den beiden. Ist Goethe auf Reisen, vergisst er nie, in seinen Briefen an Christiane einige Zeilen an die Ulrich zu richten: »Auch Uli grüße besonders. Sie soll gelobt sein, daß sie mein Westchen auch zur Zeit der Not nicht zurückgesetzt hat. Ich verlange sehr danach.« Sie transportiert ihre Anliegen über Christiane an ihn: »Und wenn es möglich ist, so bitten wir uns zwei Silhouetten von Dir, denn eine ist für mich und eine für die Ulrich.« Er schenkt ihr einen goldenen Ring mit einem Rubin und schreibt seiner Frau: »Wenn du meinen Brief nicht lesen kannst, so wird Uli aushelfen, ich gewöhne mir fast ihre Hand an, es sieht fast so aus, als wenn ich in sie verliebt wäre.«

Als Christiane 1814 schwer erkrankt, wird in Goethes engstem Freundeskreis über ihre Nachfolge verhandelt. Riemer, Goethes Majordomus, immer um das Wohl des von ihm hoch verehrten Meisters bemüht, erklärt der Ulrich auf ihre Frage, was nun mit ihr werden solle, dass Goethe sie, falls Christiane sterben sollte, heiraten werde. Aber Christiane wird wieder gesund und die Sache kommt zu einem überraschenden Ende. Die Ulrich, die

Goethe nun nicht heiraten kann, muss auf Christianes Drängen hin Riemer ehelichen. Sie tut dies nur, weil sie dadurch die Möglichkeit hat, weiter in Goethes Nähe zu bleiben – was ihr aber nichts mehr nützt, denn Goethe liegt inzwischen in den Armen von Marianne von Willemer und alle sind unzufrieden: Christiane mit ihrem Mann, weil der, kaum dass sie ein Problem gelöst hat, bereits wieder auf Freiersfüßen wandelt, Riemer mit der Ulrich, weil die ihn nicht liebt, und die Ulrich mit Goethe, weil der sie nicht mehr liebt. Zufrieden ist nur Goethe. Er schlüpft in die von der Ulrich gestifteten Pantoffel und genießt die sehnsüchtigen Seufzer der Damen. Die Zeit, in der er auf die Frage einer Bekannten wie es ihm denn gehe, antworten wird: »Es geht mir schlecht, denn niemand ist in mich verliebt«, ist noch nicht gekommen.

Im Januar 1815 wird Christiane abermals krank und Goethe vermerkt in seinem Tagebuch: »Doppelter Unfall. Mittags gestört. Herstellung.« Am 2. März schickt er die noch nicht Genesene nach Jena. Warum er das macht, ist schwer zu erklären, denn der Weg dorthin ist beschwerlich. Die Straßen des Herzogtums zählen zu den schlechtesten in Deutschland. Der Arzt muss auch gewechselt werden. Das Klima in Jena ist nicht anders als das in Weimar und die Unterkunft ist sowieso schlechter als am Frauenplan. Zu vermuten ist, dass Goethes Scheu vor Kranken der Grund für die Reise Christianes war. Sehr wohl hat sie sich in Jena nicht gefühlt, obwohl sie ihm versichert, dass es ihr gut gehe und sie genügend Zerstreuung habe. Bereits am 8. März, nach sechs Tagen Aufenthalt, schreibt sie ihm: »... meine Sehnsucht Dich wiederzusehen ist groß, daß ich mir fest vorgenommen habe, Montag früh hier abzureisen, um Mittag einzutreffen. Auch hoffe ich wirst Du Dich gewiß über mich freuen, wie viel froher und heiterer ich jetzt bin als ich war, da ich abreiste ...«

Aber Goethe will nicht, dass sie nach Weimar kommt. Er freut sich zwar darüber, dass es ihr gut geht, wünscht jedoch, sie möge »noch einige Zeit drüben bleiben«. Er habe einen Katarrh, da könne sie ihm sowieso nicht helfen, »und so sehe ich nicht ein, warum Du den Ort verändern willst«. Er hat inzwischen auf dem »West-östlichen Divan« Platz genommen. Im Mai reist er, die ersten Manuskriptseiten im Gepäck, nach Wiesbaden ab. Christiane schickt er in die entgegengesetzte Richtung nach Karlsbad und schreibt ihr, dass er sie sich »her wünscht« und »wie gerne gönnt ich Dir nur vierzehn Tage in dieser unendlich schönen Gegend«. Das ist natürlich Geschwätz, denn Goethe ist bereits mit der Willemer beschäftigt. Da würde Christiane nur stören. Und im Grunde weiß sie auch Bescheid, nimmt es hin und antwortet ihm ganz still: »Das Liebste zu hören ist, daß Du so vergnügt und wohl bist.« Ihr letzter Brief an Goethe vom 22.5.1816 endet mit den Worten: »Lebe nun wohl und gedenke mein.« Sie stirbt im Alter von 51 Jahren am 6. Juni 1816.

Für Goethe brechen nun schwere Zeiten an. Ottilie, die Schwiegertochter, übernimmt die Rolle der Hausfrau. Aber sie kann Christiane nicht ersetzen. Goethe wird jetzt oft unsaubere Hemden tragen, sein Haus wird verstauben, die Dienerschaft wird stehlen, was nicht niet- und nagelfest ist, und Ottilie wird nie mit dem reich bemessenen Wirtschaftsgeld auskommen. Sie, das »Töchterchen«, wie Goethe sie liebevoll nennt, kann ganz reizende Deckchen sticken und dem Schwiegervater aus dem Plutarch vorlesen, arbeiten und haushalten aber kann sie nicht, und die menschliche Wärme Christianes kann sie ihm auch nicht geben. Goethe wird es nun oft frösteln in seinem Haus, obwohl sein großer Ofen nach wie vor gut heizt.

Bettina von Arnim (Brentano)

Nach einem Miniaturbild im Goethe-Nationalmuseum, Weimar.

Sie ist ein knabenhaftes Mädchen, im Wechsel wild und anschmiegsam. Wie ein Kobold wirbelt sie um Goethe herum, um sich urplötzlich an ihn zu klammern. Ein Alptraum, wenn man so will. Bettina hat viel von Mignon, dieser bizarren undeutbaren Romanfigur Goethes, mit der sie sich auch identifiziert.

Bettina von Arnim hat Goethe mit ihrem Wissen über seine Kindheit, das sie von seiner Mutter hatte, für »Dichtung und Wahrheit« Hinweise gegeben, ohne die der erste Teil seiner Autobiografie etwas dünn ausgefallen wäre. Aber um Goethe zu einer Beziehung zu veranlassen, von der Bettina behauptet, sie wäre von großer beidseitiger Innigkeit gewesen, hätte das nicht ausgereicht. Auch ihre animalischen Einlagen in Weimar werden ihn kaum nachhaltig beeindruckt haben, obwohl es dem alten Herrn sicherlich gefallen hat, wenn sie sich, sooft es nur anging, frivol auf seinem Schoß platzierte. Goethe spielt also genau genommen in dieser Liebesgeschichte gar nicht mit. Zumindest ist das, was er einbringt, sehr bescheiden. Einige Küsse werden getauscht, ohne große Wirkung bei ihm zu hinterlassen. Es gibt danach keine lyrischen Höhenflüge.

Bettina verhilft ihm nur zu der Erkenntnis, dass er in seiner Jugend genauso toll gewesen wäre wie sie. Ihr Enthusiasmus, den er Tollheit nennt, ist groß. Sie fühlt sich zum Tempeldienst geboren und übt ihn an der Gottheit, die für sie Goethe heißt, mit Hingabe aus. Das Theatralische liebt sie besonders, da es ihrer Natur entspricht. Als der Befreiungskrieg der Tiroler Bauern gegen Napoleon losbricht, will sie sich auf einen Berggipfel stellen und die Fahne des Andreas Hofer schwenken. Sie verfasst Flugschriften und prangert das unsoziale System Preußens an. Sie malt, dichtet, komponiert und musiziert. Goethe sagt über sie, sie habe eiserne Beharrlichkeit in dem, was sie nach ihrer Art ergriffen habe, aber dann wieder würde sie mitten in der Arbeit von Launenblitzen, von denen sie selbst nicht wisse, wo sie hinfahren, geleitet. Bettina ist ein Kind und sie wird das bis ins hohe Alter hinein bleiben. Von dieser Kindlichkeit, von ihren kindlichen Phantasien, Ahnungen und Wachträumen lebt die Poesie ihrer Literatur. Und hier ist auch das zu suchen, was Goethe mit ihr verbindet. Es ist die Verwandtschaft der Poeten. Diese Verwandtschaft hält sein Interesse an diesem Mädchen wach und erklärt sein widersprüchliches Verhalten: Einerseits wird ihm Bettina mit ihren flinken Händen, die ihn unablässig suchen, schon bald unangenehm, andererseits wird er sich ihrer nie auf Dauer entledigen.

Bekommen hat er sie ganz ohne eigenes Bemühen. Bettina hat auf dem Dachboden ihrer Großmutter Sophie von La Roche Goethes Liebesbriefe aus dem Jahr 1774 an ihre Mutter, die schöne, unglückliche Maxe, gefunden. Und von da an betrachtete sie sich sozusagen als Erbin dieser Liebe. 1806 besucht sie in Frankfurt Goethes Mutter und freundet sich rasch mit ihr an. Clemens Brentano, der Bruder Bettinas, schreibt an seinen Freund Achim von Arnim: »Bettine ist jetzt täglich ein paar Stunden bei der alten Goethe und läßt sich Anekdoten von dem geliebten Sohne erzählen, die sie sich ganz mit den Worten der Mutter in ein Buch schreibt, um eine geheime Biographie dieses Göttlichen zu bilden.«

Im Frühjahr 1807 fällt Bettina dann das erste Mal in Weimar ein. Goethes Mutter schreibt an Christiane: »Da hat denn doch die kleine Brentano ihren Willen gehabt und Goethe gesehen – ich glaube, im entgegengesetzten Fall wäre sie toll geworden – denn so was ist mir noch nicht vorgekommen – sie wollte (wenn man sie nicht ließe) als Knabe sich verkleiden, zu Fuß nach Weimar laufen.«

Goethe hat schon bei dieser ersten Begegnung einiges von Bettina geboten bekommen. Zunächst wird sie bei seinem Anblick ohnmächtig. Das passiert ihr nicht, weil ihr der alte Goethe so missfällt wie etwa der Charlotte Kestner, sondern weil sie vor Glück überwältigt ist, denn, so schreibt sie ihm später: »Schön wie ein Engel warst du, bist du und bleibst du.« Goethe versucht, Bettina auf Distanz zu halten, und komplimentiert sie auf ein Sofa, in der irrigen Annahme, dass sie wie jedes weibliche Wesen aus gutem Haus, auf einem Sofa sitzend, handlungsunfähig wird. Der Versuch misslingt gründlich. Bettina, »auf das fatale Sofa gebannt«, springt auf: »Hier auf dem Sofa kann ich nicht bleiben«, sagt sie und setzt sich kurzerhand auf seinen Schoß. Goethe wäre sehr zärtlich zu ihr gewesen, behauptet sie. Was nicht geschieht, erträumt sie sich und schreibt es ihm: »Dann … lege ich den Kopf auf Ihren Schoß, oder ich drücke Ihre Hand auf meinen Mund, oder ich stehe an Ihrer Seite und umfasse Ihren Hals. Mein Kind! mein artig gut Mädchen! liebes Herz! sag ich mir und wenn ich das bedenke, daß Sie vielleicht wirklich es sagen könnten, wenn ich so vor Ihnen stände, dann schaudre ich vor Freude und Sehnsucht zusammen ...«

Im November 1807 ist Bettina bereits wieder in Weimar. Und diesmal bringt sie den ganzen Familienclan der Brentanos mit: ihre Schwestern Gunda und Meline, Bruder Clemens, ihren späteren Mann Achim von Arnim und den Schwager Friedrich Carl von Savigny. Bei Tisch sitzt sie Goethe gegenüber und himmelt ihn an. Jede seiner Gesten ist für sie von einmaliger Grazie, jedes Räuspern des wie fast immer im November erkälteten Goethe eine höchst bedeutungsvolle Anmerkung im Gespräch. Sie isst kaum etwas. Erst beim Dessert kann sie sich von Goethes Anblick losreißen und befriedigt ihren Liebeshunger mit einer doppelten Portion roter Grütze. Eine Vorstellung des »Tasso«, die sie mit ihm besucht, wird ihr sofort langweilig, als Goethe nach kurzer Zeit das Theater verlassen muss. Ihr »Schmerz gerät in die üppigste Gärung«. Nachts, in ihrem Zimmer »starrt (sie) mit den Augen gegen die Thränen, die sich nicht losringen wollten, ich trat vor den Spiegel, ein schmerzvoller Geist der alle irdischen Züge überwunden hatte, schaute heraus ...« An Goethe schreibt sie: »... ich will mein Gesicht an Deiner Brust verbergen, ins Dunkel Deines Gewandes hüllen. Gelübte thut man in zarter Jugend; wenn ich je einen Apfel esse mit goldener Schale und rothen Backen, schön rund, ohne Makel, dann will ich ihn zu Deinem Gedächtnis verzehren, und wenn ich Wein trinke, rothen, in dem sich der Lichtstrahl feurig bricht, der sey getrunken bis zum letzten Tropfen auf Dein feuriges Herz, daß es nicht erkalte. – O wende Dich nie von mir; Dich zu denken, mein zu wähnen ist mir einzige Lebensquelle; und wärst Du nicht als unerschöpflicher ewig erneuernder Zauber in mein Leben verwebt, was wäre dann?« Sterben möchte Bettina auf der Stelle, mit dem glücklichen Gefühl, von ihm geliebt zu werden, wenn sich's denn einrichten ließe.

Goethe wird all das langsam unheimlich. Er hat unendlich viele Verehrerinnen erlebt, so eine aber, wie diese Tochter der Maxe, noch nicht. Versuche, ihren Enthusiasmus zu begrenzen, misslingen regelmäßig. Sie nimmt sich, was man ihr nicht gibt. Als er im Winter 1807/1808 in Jena Minchen Herzlieb liebt, in Sonetten besingt und dabei einige Zitate aus Bettinas Briefen verwendet, glaubt sie sofort, dass das Sonett »Scharade« an sie gerichtet ist. Erregt schreibt sie ihm: »Was hoffst Du? – sag mirs, und wie soll die Geliebte Dir heißen? Welche Bedeutung hat der Name, daß Du mit Entzücken ihn nur zu lallen vermagst? –

In einem Bild sie beide zu erblicken
In einem Wesen beide zu umfangen.

Wer sind die beiden? Wer ist mein Nebenbuhler? in welchem Bild soll ich mich spiegeln? – und mit wem soll ich in Deinen Armen verschmelzen? ach wie viele Rätsel in einem verborgen, wie brennt mir der Kopf! Nein, ich kann es nicht raten; es will mir nicht gelingen, mich von Deinem Herzen loszureißen … Aber Deinen Zweck hast Du erlangt, daß ich mich zufrieden raten solle, ich errate daraus meine Rechte, meine Anerkenntnis, meinen Lohn und die Bekräftigung unseres Bundes, und werde jeden Tag Deine Liebe neu erraten, verbrenne mich immer, wenn Du mich zugleich umfangen und spiegeln willst in Deinem Geist, und vereint mit mir gern genannt sein willst.«

Nach diesem Erguss darf man sich einen lachenden und weinenden Goethe vorstellen, der sich das Haar rauft. Aber es kommt noch schlimmer. Bettina ist eifersüchtig auf jedes weibliche Wesen in seiner Umgebung – nur Christiane wird von ihr geduldet. Bei Goethe beklagt sie sich über Schelling, der etwas an sich habe, was ihr nicht gefalle: »und dieses Etwas ist seine Frau, diese will mich immer eifersüchtig machen, auf Dich, sie ist in Briefwechsel mit einer Pauline G. (Gotter) aus Jena, von dieser erzählt sie mir immer, wie lieb Du sie hast, wie liebe Briefe Du ihr schreibst pp., es ist mir egal, ich kann nicht wollen, daß Du mich am liebsten hast, aber es soll sich niemand unterstehen, Dich so lieb zu haben wie ich.« Auch auf Madame de Stael ist Bettina eifersüchtig: »Mein Unglück führte mich gerade nach Frankfurt, als Frau von Stael durchkam, ich mußte einen Abend mit ihr verbringen, sie sprach von Dir; so oft Dein Name von ihren garstigen Lippen kam, überfiel mich ein innerlicher Grimm, sie erzählte mir, daß Du sie Amie in Deinen Briefen nennst pp. nun riß mir aber die Geduld – wie kannst Du einem so unangenehmen Gesicht freundlich sein? Sie hat auch wohl nur gelogen; war ich bei Dir, ich litt's nicht, daß Du so freundlich wärst, sowie die Feen mit feurigen Drachen, so würde ich mit feurigen Blicken meinen Schatz bewahren.« Der »Schatz« merkt, die Beziehung wird kritisch.

Dem mit ihr befreundeten Tieck offenbart Bettina, dass sie sich von Goethe ein Kind wünscht. Sie will auch versucht haben, sich diesen Wunsch erfüllen zu lassen. Im Hochsommer 1810 in Teplitz wäre sie bei Goethe gewesen und er habe zu ihr gesagt: »Mache doch den Busen frei, daß ihm die Abendluft zugute komme … und da er sah, daß ich nichts dagegen sagte, obschon ich rot ward, so öffnete er meine Kleidung … und dann küßte er mich auf die Brust …« Die Szene endet aber für sie auf seinen Knien und nicht im Bett. Sie hat diese angebliche Verführung in fünf Varianten niedergeschrieben. Mit der Realität hat das alles vermutlich wenig zu tun. Ein anderes Mal sei er des Nachts zu ihr gekommen, in seinen weißen Prophetenmantel gehüllt. Auch das ist eine ihrer phantasievollen Geschichten. Verbürgt ist nur ihr ausdauerndes Werben um Goethe, dem er mit vorsichtigem Abwiegeln begegnet.

Christiane kann das alles nicht recht gewesen sein, Goethes Taktieren ebenso wenig wie Bettinas aufdringliches Werben. Aber sie ist erstaunlich geduldig. Erst 1811, als ihr Bettina, nun als Frau von Arnim, wieder einmal goetheverliebt ins Haus stürmt, entlädt sich ihr angestauter Ärger. Der Anlass ist eigentlich nicht der Rede wert. Die beiden Frauen besuchen eine Ausstellung des Malers Meyer. »Kunschtmeyer«, wie er von den Weimarern wegen seines Schweizer Dialekts genannt wird, ist kein Genie, sondern eher ein braver Handwerker. Man macht Spottverse auf ihn: »Kunschtmeyer, laß die Finger von der Kunscht, du hast nun einmal nicht der Muse Gunscht«. Aber Meyer ist mit Goethe und Christiane eng befreundet. Und als Bettina seine Bilder kritisiert, wird sie sofort von Christiane zurechtgewiesen. Wobei das, was sie der Bettina sagt, sicherlich nicht sehr salonfähig ist.

Bettina hat wahrscheinlich temperamentvoll dagegen gehalten. Auch Romantiker sehen nicht immer blau, sondern manchmal rot, und dann flöten sie eben nicht wie Nachtigallen im Hain, sondern schimpfen wie die Rohrspatzen. Ein Wort gibt das andere, wie das so ist, es wird laut, und die Weimarer platzen vor Schadenfreude. Wieder einmal hat die so genannte Frau Geheimrat für einen ordentlichen Skandal gesorgt. Christiane soll in diesem Streit dann auch noch handgreiflich geworden sein. Bettina verbreitete hinterher, sie sei von einer wild gewordenen Blutwurst gebissen worden. Goethe stellt sich, wie nicht anders zu erwarten, auf die Seite seiner Frau und verbietet Bettina das Haus. Es ist aber nur eine Trennung auf Zeit. Nach Christianes Tod schreibt sie ihm wieder und zu Beginn der zwanziger Jahre ist sie erneut bei Goethe zu Gast. Sie will mit ihm sein »von Ewigkeit zu Ewigkeit« und mit ihm »leben durch die Regionen«. 1823 bittet sie ihn: »… lasse doch das Geheimnis der Liebe noch einmal zwischen uns erblühen.« Aber was auch immer zwischen ihr und Goethe in den Jahren des Anfangs dieser seltsam einseitigen Liebesgeschichte geschehen sein mag, 1823 bittet sie vergebens um Wiederholung.

1824 verbringt sie einen Abend bei ihm, lässt sich beim Abschied auf den Knien vor seiner Zimmertür nieder und ruft: »... ich küsse diese Schwelle und segne sie, über die täglich der herrlichste Menschengeist und mein bester Freund hinausschreitet.« Goethe geht um die Knieende herum und schließt die Tür. Bettina wird für ihn jetzt zur »leidigen Bremse.« Am 7. August 1830 notiert er: »Frau von Arnims Zudringlichkeit abgewiesen.« So sind ihre letzten Briefe an ihn denn auch bitter. Bettina empfindet ihr Schicksal als tragisch. »Wenn Du wüßtest wie sehr weh Du mir thust«, schreibt sie im März 1832, »... in die Arme, die mich einzig in Liebe umfaßt haben, darf ich mich nicht denken ... die Wahrheit, die einzige, die den Werth ihrer Verwirklichung in sich trägt, ist aufgehoben von Dir selbst.« Bettina von Arnim, geboren am 4. April 1785 in Frankfurt am Main, stirbt am 20. Januar 1859 in Berlin.

Marianne von Willemer (Jung)

Nach einer Goethe Weihnachten 1819 geschenkten Kreidezeichnung im Goethe-Nationalmuseum zu Weimar.

Nicht nur Goethe hat sie mit Christiane gemeinsam, diese Marianne von Willemer, geborene Anna Maria Jung, sondern auch eine lange Wartezeit an der Seite eines alten Mannes, bis dieser sie schließlich heiratet. Und auch sie scheint, genau wie einst Christiane, Goethe verführt zu haben, denn als sie ihn im Sommer 1814 in Wiesbaden kennen lernt, ist er nur bereit, alle Frauen zu lieben.

Goethe ist 65, als er der 30-jährigen Marianne gegenübersteht, einer kleinen Bühnentänzerin, die der Frankfurter Bankier und Senator Jakob von Willemer als Sechzehnjährige aus dem anrüchigen Milieu des Theaters in sein Haus geholt hatte. Das war ihm von seinen Landsleuten übel genommen worden, denn sie witterten Unmoral, da Willemer, das glaubte man in Frankfurt zu wissen, sich des Öfteren bei den schlecht bezahlten und willigen Schauspielerinnen »bediente«. Marianne hatte er ihrer bettelarmen Mutter für 2000 Gulden regelrecht abgekauft. Diesen Handel empfanden die Frankfurter als besonders skandalös. Goethe jedoch nicht. Er spricht von der hohen sittlichen Gesinnung des Retters. Marianne dürfte seiner Meinung gewesen sein. Sie ist mit der Aufnahme in Willemers Haus ihrer Existenzsorgen ledig und, was nicht unwichtig für ihren weiteren Lebensweg ist, sie hat die Schmuddelatmosphäre der Gemeinschaftsgarderobe des Theaters hinter sich gelassen. In Willemers Familie, in der sie zunächst den Status einer Pflegetochter hat, herrscht ein anderer Ton als unter den Aktricen. Das halbe Dutzend Kinder des verwitweten Bankiers ist ausgesprochen gut erzogen.

Man liest Goethe, malt und musiziert. Willemer, kunstsinnig und gebildet, besitzt pädagogische Fähigkeiten und hat, anders als Goethe, der bei der Erziehung seines Sohnes und bei Fritz von Stein regelmäßig versagt hatte, als Erzieher Erfolg.

Marianne darf nicht nur weiterhin tanzen, sie soll es sogar, damit diese Begabung nicht verkümmert. Beifall bekommt sie von einem kleinen, aber erlesenen Publikum. Im Hause Willemer verkehren der Reichsfreiherr vom Stein, der preußische Minister Graf Haugwitz, der ein Jugendfreund Willemers ist, sowie Dichter, Maler und Komponisten. Zum Bekanntenkreis des Bankiers zählen u. a. auch Graf Hardenberg, Prinz Louis-Ferdinand von Preußen und Feldmarschall Blücher, dem eines der Willemer Kinder als Souvenir ein paar Barthaare abschneiden darf. Marianne ist bei allen Empfängen und Gesellschaften, die Willemer gibt, dabei. Sie wird vorgezeigt. Aber sie hat natürlich im Kreis dieser Gäste auch ihre Bildungserlebnisse.

Außerdem reist Willemer mit ihr in die Schweiz, nach Frankreich und Italien. So bekommt Marianne die nötige Weltsicht. Ehe es aber so weit ist, wird sie umfassend ausgebildet. Sie erhält Fremdsprachenunterricht: Französisch, Latein, Italienisch. Zeichnen und Kunstgeschichte unterrichtet der Maler Johann Georg Schütz. Da sie eine gute Stimme hat, erhält sie Gesangsunterricht. Ihr Klavierspiel ist nicht übel, bedarf aber der Ausbildung. Da muss ein Klavierlehrer her. Ihr Lieblingsinstrument aber ist die Gitarre. Hier erreicht sie eine solche Meisterschaft, dass ihr von ihren Lehrern »absolute Virtuosität« bescheinigt wird. Als sie in Mainz vor Kaiserin Josephin von Frankreich spielt und singt, ist die hohe Dame begeistert und schenkt ihr einen kostbaren Goldschmuck.

Verehrer hat sie natürlich auch. Einer bemüht sich im Mai 1803 so intensiv um sie, dass der eifersüchtige Willemer ihn an die frische Luft befördert. Es ist der Dichter Clemens Brentano. Das Rauswerfen von Liebhabern hat in seiner Familie Tradition. Sein Vater setzte einst Goethe vor die Tür, als der der Maxe zu nahe kam. Jetzt bekommt der Sohn Erfahrung im Rausgeworfenwerden. Die Affäre ist doppelt peinlich, da die Familien Brentano und Willemer befreundet sind. Marianne streitet alles ab: Sie und Brentano hätten gemeinsam Gitarre gespielt und dabei sei es nur zu einem Saitensprung gekommen.

Durch seine Mutter, die ihrem Sohn im fernen Weimar die neusten Frankfurter Klatschgeschichten mitteilt, weiß Goethe von dieser Geschichte und damit ist Willemers »Pflegetochter« von nun an für ihn existent. Marianne weiß 1803 bereits mehr über ihn. Sie kennt nicht nur sein Werk – Willemer und auch Brentano haben es ihr immer wieder empfohlen –, sondern sie kennt auch sein Leben, mit all den interessanten biografischen Unebenheiten, soweit sie Willemer bekannt sind. Und der weiß einiges. Er und Goethe sind alte Freunde. 1775 waren beide, gemeinsam mit Klinger, Graf Haugwitz und den beiden Brüdern Stolberg hinter einer schönen Charlotte aus Offenbach her gewesen. Und Willemer weiß um die Brion-Affäre ebenso wie um die mit der Kestner und der Schönemann. Als Freund der Familie Brentano kennt er natürlich auch Goethes Liaison mit der Maxe und er wird auch einiges über Goethes Verhältnis mit der Stein gewusst haben, denn die Verbindung mit dem Freund in Weimar ist seit den Offenbacher Tagen nicht abgerissen. Man korrespondiert miteinander, sucht aber auch das Gespräch.

Goethe 1808 an Willemer: »Wie sehr wünschte ich, einige Zeit mit Ihnen zu verleben, teils um mich früherer Jahre zu erinnern, teils um mich über manche Resultate des Lebens mit Ihnen zu besprechen.« Bereits 1777 hatte Willemer Goethe in Weimar besucht. 1781 stellte er ihm dort seine erste Frau vor, 1793 trafen sich die beiden Freunde in Mainz und 1797 war Goethe bei Willemer zu Gast. Darüber hinaus gab es freundschaftliche Kontakte Willemers zu Goethes Sohn August, zu Christiane und zu Goethes Schwager Schlosser. Willemer verkehrte auch im Haus am Großen Hirschgraben. Mit Goethes Mutter und der Familie Schwartzkopf las er den »Tasso«. Vom »Wilhelm Meister« war er so beeindruckt, dass er sich mit dem Romanhelden identifizierte.

Als Goethe 1814 in Wiesbaden zur Kur weilt, besuchen ihn am 4. August Willemer und Marianne und Goethe beginnt sich für die junge Frau zu interessieren. Marianne dürfte bereits bei dieser ersten Begegnung von ihm fasziniert gewesen sein. Das ist das mindeste, was wir von ihr erwarten dürfen. Im Allgemeinen haben Frauen, wenn sie Goethe kennen lernen, euphorische

Glücksgefühle, wie jene Rahel Varnhagen, die ihrem Mann schreibt, nachdem Goethe ihr seine Aufwartung gemacht hatte: »Im ganzen ist es rasend viel, daß er kam … Goethe hat mir für ewig den Ritterschlag gegeben. Beim Himmel! Er weiß es, der Himmel. Kein Olympier könnte mich mehr ehren.«

Goethe hält sich bei Marianne zunächst zurück. Er befürchtet Komplikationen. Die Frau ist ledig und sie scheint nicht allzu sehr an Willemer zu hängen. Was macht man, wenn sie Ja sagt? Und vor allem, wie wird man sie wieder los, wenn sie Ja gesagt hat? Andererseits reizen ihn ihre appetitlichen Formen. Zu verlockend, diese Marianne! Sie ähnelt der jugendlichen Christiane, klein von Gestalt, rund und mit drallen Brüsten. Christiane ist inzwischen alt, dick und krank, manchmal auch mürrisch. Marianne aber ist jung, kerngesund und lustig. Goethe wird sie, wie in früheren Jahren Christiane, »meine liebe Kleine« nennen. Aber das kommt erst noch.

Am 26. August 1814 ist Willemer, diesmal ohne Marianne, erneut bei Goethe in Wiesbaden und nun löst der Meister sein Problem, indem er dem Freund rät, Marianne zu heiraten. Am 27. September findet die Hochzeit statt und damit ist Willemer, so paradox das auch klingen mag, die Marianne los. Denn nun tritt Goethe als Liebhaber auf den Plan. Er kann jetzt, ähnlich wie bei Charlotte Buff und Charlotte von Stein, ohne eine feste Bindung eingehen zu müssen, seine Gefühle ausleben. Dieser Streich Goethes wäre ein guter Stoff für eine Posse gewesen, noch dazu, da unser Mann kein finsterer Schurke ist, sondern ein munterer Greis, der einem anderen, nicht ganz so munteren Alten listig die junge Frau ausspannt. Doch Goethe schreibt keine Possen. Er setzt vielmehr, da ihm sehr orientalisch zumute ist, seine Arbeit am »West-östlichen Divan« fort und auch hier ist er nicht der Spaßvogel Nasreddin-Hodscha, der listig-lustige Seitensprünge macht, sondern der edle Hatem. Marianne wird seine Lieblingsfrau Suleika.

Christiane, die eigentliche Hauptfrau, spielt in der Dichtung, die Goethe nun zu leben beginnt, keine Rolle. Sie ist nur die Empfängerin unverfänglicher Notizen zu seinen Tagesabläufen. Am 12. Oktober 1814 schreibt er ihr: »Abend bei Frau Geheimrätin Willemer: denn unser würdiger Freund ist nunmehr in forma verheiratet.« Marianne sei »so freundlich und gut, wie vormals« gewesen. 14. Oktober: »Wir waren sehr lustig und blieben lange beisammen.« Wie weit die Geschichte zwischen ihm und Marianne im Sommer 1814 gediehen ist, erfahren wir andeutungsweise durch ein Gedicht von Marianne, das sie am 12. Dezember 1814 nach Weimar schickt:

»Zu den Kleinen zähl ich mich,
Liebe Kleine nennst Du mich.
Willst Du immer so mich heißen,
Werd ich stets mich glücklich preisen,
Bleibe gern mein Leben lang
Lang wie breit und breit wie lang.*

* (Oft von Goethe verwendete Redewendung)

Als den Größten kennt man Dich,
Als den Besten ehrt man Dich,
Sieht man Dich, muß man Dich lieben,
Wärst Du nur bei uns geblieben,
Ohne Dich scheint uns die Zeit
Breit wie lang und lang wie breit.

Ins Gedächtnis prägt ich Dich,
In dem Herzen trag ich Dich,
Nun möcht ich der Gnade Gaben
Auch noch gern im Stammbuch haben,
Wärs auch nur der alte Sang:
Lang wie breit und breit wie lang.«

Willemer schreibt: »Meine Frau, die sich, so wie ich … empfiehlt, will, seitdem sie von Ihnen die Kleine genannt worden, durchaus nicht mehr wachsen, es wäre dann in Ihrem Herzen.« Und er fügt dunkel hinzu, dass es Marianne nicht einerlei gewesen wäre »Ihrer Güte gewürdigt worden zu sein«.

Ob sich Willemer zu dieser Zeit über seine Situation bereits im Klaren war, ist ungewiss. Es scheint aber so, als ob er sich zunächst einmal durch die »Aufmerksamkeit«, die Goethe seiner Frau schenkt, geehrt fühlt. Als Goethe 1815 wieder in Wiesbaden zur Kur ist, schreibt er ihm: »Sie haben große Freude in das Haus gebracht, durch Ihren Brief vom 28. (Mai), der uns gestern abend aus der Stadt geschickt wurde. Die kleine und meine älteste Tochter, die bei uns wohnt, und ich – gewiß mein Freund, wenn auch viele Ihnen anhängen und sie ehren, wir gehören zu denen, die es am treuesten meinen und das Glück, von Ihnen gütig behandelt zu werden und liebevoll, recht wie es sich gehört, zu schätzen wissen …« Willemer bittet darum, dass Goethe ihm in der Gerbermühle, seinem Wochenendhaus bei Frankfurt, »die Ehre erweist« und beendet den Brief mit den Worten: »Gebrauchen Sie etwas – ich sende alles, was Sie verlangen und sende es mit größerer Freude ab, als Sie es empfangen.«

Am 3. Juli 1815 besucht Willemer Goethe in Wiesbaden und bittet ihn inständig, zur Gerbermühle zu kommen. Am 12. August trifft Goethe dort ein. Die Gerbermühle liegt am Ufer des Mains, von hohen Bäumen umgeben, in einer ländlichen Gegend, die so ganz nach Goethes Geschmack gewesen sein dürfte. Hier stimmt er sich auf Marianne ein. Sulpitz Boisserée, der ihn begleitet, schreibt in seinem Tagebuch: »Sonntag, den 17. September: Abends singt Marianne Willemer mit ganz besonderem Affekt und Rührung: ›Der Gott und die Bajadere‹. Goethe wollte das anfangs nicht – er bezog sich auf ein Gespräch, das ich kurz vorher mit ihm geführt – daß es fast ihre (Mariannens) eigene Geschichte sei – so daß er gesagt sie solle es nimmer singen. Sie singt dann … aus dem Don Juan ›Gib mir die Hand mein Leben‹. Goethe nennt sie einen kleinen Don Juan. Wirklich war ihr Gesang so verführerisch gewesen, daß wir alle in lautes Lachen ausbrachen und sie den Kopf in den Noten versteckte … Die lustige Stimmung setzte sich noch nach Tisch fort. Man bat Goethe darum, Gedichte vorzulesen, und die kleine Frau schmückte sich mit ihrem Turban und orientalischen farbigen Schal, den Goethe ihr geschenkt. Es wurde viel gelesen, auch viele Liebesgedichte, an Suleika, Jussup usw. …«

Die prickelnde Spannung zwischen Goethe und Marianne bekommt Willemer nicht mit. Er schläft am Tisch ein, obwohl er nun eigentlich hellwach sein sollte, denn seine Frau ist drauf und dran, ihm mit seinem alten Rivalen aus Offenbacher Zeiten Hörner aufzusetzen. Doch er schläft ja nicht immer. Irgendwann in diesen Septembertagen des Jahres 1815 weiß er Bescheid. Aber er macht Marianne keine Szene und er setzt Goethe auch nicht vor die Tür. Dem Zeus Goethe ist eben erlaubt, was dem Ochsen Brentano nicht gestattet war. Für dieses erstaunliche Verhalten Willemers gibt es mindestens zwei Erklärungen, eine einfache und eine komplizierte. Die einfache zuerst: Willemer setzte Mariannes Goethe-Verehrung und -Liebe der seinen gleich. Denkbar wäre das, denn er empfiehlt ihn »dem Schutz Mahomets und der Fürbitte Marianen. Möge Ersterer es so aufrichtig mit Ihnen meinen wie die Letztere. Doch für Mariane stehe ich, denn sie teilt meine Gefühle.« Die komplizierte Erklärung lautet: Willemer, egozentrisch, sehr romantisch und manchmal von Anwandlungen maßlos überzogenen Edelmuts befallen, wollte dem Glück seines hoch verehrten Freundes und dem seiner Frau nicht im Wege stehen und fühlte sich bei dem Verzicht auf das eigene Glück groß.

Am nächsten Tag notiert Boisserée: »Schönes Wetter. Frühstück im Bett.« Nebenan frühstücken Marianne und ihre Stieftochter Rosette Städel. Die beiden Frauen fahren dann mit Boisserée und Goethe nach Frankfurt. Boisserée: »... große Lustigkeit, wir sitzen sehr enge. Ich sitze mit halbem Sitz – nennens lavieren, mit halben Wind fahren, während andere« – Marianne und Goethe – »mit vollen Segeln« unterwegs sind. »Nachmittags durch den Wald nach Darmstadt, schöne Lichter im Wald an den Stämmen und auf dem Rasen. Gespräch über die Willemer ...« Heidelberg, 23. September 1815: »Goethe morgens früh auf dem Schloß, dichtend. Mittags, als wir bei Tische, kommt Willemer unerwartet. Ich hatte ihm, weil der Herzog (Karl August) erwartet wurde, am Montag zu kommen geschrieben ...« Marianne ist natürlich mit von der Partie. Unterwegs, im Wagen, hatte sie ein Gedicht an Goethe geschrieben:

»Was bedeutet die Bewegung?
Bringt der Ost mir frohe Kunde?
Seiner Schwingen frische Regung
Kühlte des Herzens tiefe Wunde ...«

Und Goethe antwortet:

»Ist es möglich: Stern der Sterne,
Drück ich wieder dich ans Herz!
Ach, was ist die Nacht der Ferne
Für ein Abgrund, für ein Schmerz!
Ja, du bist es! meiner Freuden
Süßer, lieber Widerpart;
Eingedenk vergangener Leiden
Schaudr' ich vor der Gegenwart ...«

Er ist also schon wieder voller Ängste. Der Abschied steht bevor. Die Sache muss ein Ende haben. In seinem Tagebuch notiert er: »23ter September. Schloß. Divan. Mittag Familie. Kam Willemer. Kamen die Frauenzimmer. 24ter September. Auf dem Schloß Nebel. Mittag Willemers. 25.ter September. Auf dem Schlosse. Mittag Familie und Gesellschaft. Abend Musik. Gespräch. Abschied …« Marianne dichtet ihm zwar hinterher:

»… Ach, für Leid müßt ich vergehen
Hofft ich nicht, wir sehn uns wieder«

Aber sie hofft vergebens. Es ist ein Abschied für immer. Goethe reagiert auf den eigenen Entschluss im Nachhinein mit Krankheit. Sein Liebeskummer ist so heftig, dass er daran denkt, das Zeitliche zu segnen. Zu Boisserée sagt er, dass er sein Testament machen wolle. Der notiert am 7. Oktober »… Goethe … will schon Mittag fort. Ich biete mich ihm zur Begleitung an, und bereite mich vor, ihm bis Weimar zu folgen. Trauriger, schwerer Abschied. Im Wagen erholt sich der Alte allmählich … Abends in Neckarselz. Kaltes Zimmer. Goethe war munter«. Er wird sogar so munter, dass er einem jungen Mädchen, einer Kellnerin, verliebte Augen macht und sie küsst. Boisserée muss ihm nicht bis Weimar das Geleit geben. Goethe geht's wieder gut. Als sein Wagen kurz vor Meiningen umstürzt, geht er den Rest des Weges bis zur Stadt munter zu Fuß. Noch am Abend schreibt er Rosette Städel davon und beendet den Brief mit dem Wunsch, dass sie und Marianne ihn in Zukunft »nicht aus ihrer Mitte« lassen sollten.

In Wirklichkeit aber ist die Beziehung für ihn beendet. Er hat sich die Marianne bereits jetzt, den »Divan« später, »abgestreift wie eine Schlangenhaut«. Mariannes Leiden werden nicht so kurz und leicht zu ertragen sein wie die ihres Liebhabers. Sie wird noch jahrelang auf ein Wiedersehen hoffen und zunächst sieht es sogar so aus, als ob sich ihr Wunsch erfüllen könnte. Denn Goethe kündigt 1816 seinen Besuch an und setzt sich am 20. Juli in den Reisewagen. Er will allerdings nicht wie im Vorjahr in das nahe Frankfurt gelegene Wiesbaden fahren, das ihm ein fröhlich frecher Zelter mit den Worten empfohlen hatte, dort würde alles geheilt, selbst Kriegsverletzungen und Gebärmutterleiden, aber diese Gebrechen habe Goethe ja nicht. Sondern er will nach Baden-Baden, kommt aber nicht weit. Wieder einmal stürzt sein Wagen um und er schreibt den Willemers: »Das die Störung des Vorhabens … es unwahrscheinlich machen, daß ich die Reise von neuem antreten werde.« Marianne bedauert unendlich und schreibt, dass auch ihr Wagen am 20. Juli einen Unfall gehabt habe. Dem abergläubischen Goethe muss diese Duplizität der Ereignisse wie eine Warnung des Schicksals erschienen sein. Doch in diesem Falle wäre es eine völlig unnötige Einmischung gewesen, da Goethe einmal abgestorbene Liebschaften niemals zu neuem Leben zu erwecken pflegte.

Er hatte diese Reise sowieso recht lustlos angetreten. Denn, so der Jenaer Physiker Seebeck in einem Brief an Boisserée, Goethe habe ihm bereits vor der Abreise gesagt, dass er »mehr durch Anstoß und Aufforderung als durch inneren Trieb zu diesem Schritt bestimmt« worden sei. Marianne aber, nichtsahnend, schreibt ihm im August 1816, dass sie »weder zu lieben noch zu hoffen je aufhören werde«. Im Oktober bittet sie, es möge ihr vergönnt bleiben, bei ihm ihr »Andenken von Zeit zu Zeit in einem für mich unschätzbaren Orte zu erneuern, wenn ich nur weiß, daß ich unvertrieben bleibe«. Sie sieht ihn im Traum unter den herbstlich gefärbten Bäumen an der Gerbermühle, »die mir von dem einzigen, der nicht wiederkam, viel Wunderbares und Trostreiches erzählen …«

Es wäre jetzt an der Zeit, dass Goethe ein Wort sagte und damit die Geschichte beendete. Aber dieses Wort bleibt aus. Er kann das nicht. Er hat das ein einziges Mal gewagt, bei Friederike Brion, und die Erinnerung an die Reaktion des Mädchens bereitet ihm selbst als Greis noch Schmerzen. Es ist ihm angenehmer, die Beziehung zu Marianne wohltemperiert aus sicherer Entfernung aufrechtzuerhalten. Seine Briefe sind entsprechend freundschaftlich zurückhaltend. Damit um Himmels willen nicht erneut Nähe entsteht, werden sie konzipiert. Einigen gehen sogar zwei Konzepte voran. Jedes Wort ist genau überlegt. Er richtet seine Post, bis auf eine Ausnahme, auch nicht direkt an Marianne, sondern vielmehr an Jacob von Willemer.

Umso unverständlicher ist Goethes Mitteilung vom 8. November 1816 an Willemer, dass er vielleicht doch wieder einmal nach Frankfurt käme. Die Bewohner der Gerbermühle sollten nicht erschrecken, wenn es nachts am Tor poltert oder klingelt. Das wären dann keine Geister, sondern er. Mit dieser vagen Ankündigung löst er hektische Betriebsamkeit bei Marianne aus. Sie bereitet das Haus bereits auf den Empfang des Langersehnten vor, bis der dann auf eine Anfrage Willemers, wann er denn am Tor zu poltern gedenke, antwortet, er habe das nicht so ernst gemeint. Auch 1817 soll er mit dem Gedanken gespielt haben, nach Baden-Baden zu gehen, um Marianne dort oder auf dem Rückweg in der Gerbermühle noch einmal wiederzusehen und um von Baden-Baden aus alte Freunde im nahe gelegenen Straßburg zu besuchen. Aber dieser vermutete »Rückfall« Goethes – der Wunsch nach einem Wiedersehen mit Marianne – ist unwahrscheinlich und von den Straßburger Jugendfreunden, das war ihm bekannt, hätte er sowieso keinen mehr besuchen können, da bis auf Ehrmann und Jung-Stilling, die er 1815 gesehen hatte, nur noch Weyland, der Cousin Friederike Brions, lebte. Der hatte sich in Frankfurt als Arzt niedergelassen und hielt Goethe für einen »üblen Charakter«. Wagner war bereits 1779 gestorben, Herder 1807, Lenz 1809, der gute »Aktuarius« Salzmann 1812, ein Jahr vor Friederike Brion. Goethes Schwester Kornelia war 1777 in Emmendingen, in der Nähe von Baden-Baden, beerdigt worden. Gräber, wohin man schaut. Goethe mag das nicht.

Nach Sesenheim wird übrigens einige Jahre später Marianne pilgern und sie wird Goethe von diesem Ausflug in seine Vergangenheit berichten, wahrscheinlich, um bei ihm Jugenderinnerungen zu wecken. 1819 schreibt sie ihm aus Baden-Baden: »Sollte denn die

Nähe Straßburgs, jene bedeutende Aufforderung, den Rhein und Main zu besuchen … nicht den Vorzug vor Karlsbad verdienen?« Sie animiert ihn aber auch, direkt in die Gerbermühle zu kommen. »Auf der Mühle sind zwei neue Öfen gesetzt und, damit von Süden die Sonne eindringen könne, 150 Bäume abgehauen, wenn Goethe kommt – In der Stadt ist eine schöne Wohnung nicht vermietet worden – wenn Goethe kommt …« Da wird also ein Waldstück abgeholzt, nur damit Goethe Sicht nach Süden hat, und eine Wohnung wird nicht vermietet, sofern er den Wunsch haben sollte, nicht in der Gerbermühle zu wohnen, sondern in Frankfurt, »Jena«, schreibt Marianne, mag ja schön sein, »aber heilbringender sind Luft und Witterung am Main«. »Kommt Freund«, schreibt auch Jacob von Willemer, »und gönnt dem Vaterland die Ehre, die es so lange vermißt, damit es stolz das Haupt erhebe und sage: er gehört uns wieder.«

Was muss ihm denn nun noch alles geboten werden, damit er kommt, neben warmer Stube mit Fernblick nach Süden, Wein vom Besten, einer willigen jungen Frau – und das Vaterland fühlt sich auch noch geehrt, wenn er annimmt! Er nimmt nicht an, sondern genießt den Weihrauch, der aus Frankfurt nach Weimar zieht. Für Goethe hat sich Marianne wie einst Daphne vor Apoll in einen Lorbeerstrauch verwandelt, der das notwendige Material für den Kranz liefert, den er sich ein wenig schräg aufs Haupt setzt. Es kommen aber nicht nur Gewürze zur Pflege der Eitelkeit, sondern auch die exquisitesten Ingredenzien für Goethes »Bouillons« sowie Obst, Gemüse, Honig und natürlich Weine von erlesener Qualität nach Weimar. Goethe bedankt sich regelmäßig auf das zierlichste und deutet geschickt an, dass er mehr von den Köstlichkeiten möchte: »Meinen Kindern, denen ich das Beste gönne, wird so viel vorgesprochen von dem Schönen und Guten, was alles in jenen Gegenden zu Hause ist, und da kamen auch die in hiesigen Gegenden ganz fremden Leckereien zur Sprache: ein großer Appetit nach Artischocken regte sich. Möchten daher die Freundinnen (gemeint sind Marianne und Rosette) eine Schachtel oder lieber ein dauerhaftes Schubkästchen mit dergleichen Markt- und Küchenwaren baldigst (baldigst!) durch die fahrende Post zu senden, so würden sie eine wo nicht rührende, doch höchst angenehme Familienszene veranlassen. Auch ist bei nächst eintretender Weinlese und glücklicher Kelterung ein angenehmer Mostsenf zu hoffen, davon ich mir auch ein paar steinerne Flaschen voll erbitte.«

Dieser in Frankfurt geborene Weimarer entpuppt sich als Nassauer! Die Frauen jagen augenblicklich los, um das Gewünschte zu besorgen. Willemer verpackt eigenhändig den Most. Wein schickt er natürlich auch. Es ist der berühmte Elfer, ein guter und teurer Jahrgang. Aber Willemer hat's ja und er gibt gern. Er und Goethe nennen die Flaschen Apostel. Willemer: »Es geht nächstens ein Kistel mit Aposteln ab, die 1811 gelehrt und gepredigt, nehmen Sie die Herren gnädig auf.« Marianne beendet den Brief mir der obligatorischen Bitte um ein Wiedersehen und schreibt seufzend, dass Willemer Luftschlösser baut, die sie möbliert. Sie irrt nicht. Goethe hat zwar nichts gegen Luftschlösser, er ist schließlich

Dichter, nur in ihnen wohnen möchte er nicht. Willemer schlägt ihm nämlich vor, Weimar zu verlassen und in einem nicht genau definierten Bund mit ihm und Marianne zu leben. Diese Idee, zwei alte Männer mit einer jungen Frau zu vereinen, ist immerhin bemerkenswert rational, da sie dem potenziellen Leistungsvermögen der Herren Rechnung trägt. In einem anderen Brief schreibt Willemer aber, dass Goethe von Marianne und von einer Nichte umsorgt würde, »und ich, ich ließe Euch gewähren.«

Für Goethe war diese Konstellation schon immer ideal. Er hat sie des Öfteren praktiziert. Nur kommt der Vorschlag zu ungünstiger Zeit, denn Marianne ist nicht mehr die Frau, die er liebt. Sie hat das gespürt. Trotzdem wird sie weiterhin versuchen, Goethe in ihre Nähe zu bekommen. Viel Vertrauen in ihre Anziehungskraft als Frau scheint sie allerdings nicht mehr zu haben, wenn sie ihm aus Baden-Baden schreibt: »Wie viele schöne Mädchen gibt es hier! Hudhud (der Liebesbote) läuft in einem fort über den Weg.« Schöne Mädchen gibt es auch in Weimar, Karlsbad und Eger. Da muss er nicht ins weit entfernte Baden-Baden reisen, wo eine inzwischen an Depressionen leidende Marianne, die viel weint, kaum spricht und fast bewegungsunfähig ist, auf ihn wartet. Goethe mag keine Kranken in seiner Nähe. Selbst Christiane musste immer wieder diese Erfahrung machen. Eine simple Erkältung seiner Frau reichte, um ihn nach Jena zu vertreiben. Jacob von Willemer begeht also einen Fehler, wenn er, auf Goethes Mitleid hoffend, Einladungen an den Freund mit Mariannes Krankheitsgeschichte versieht. Da ist es auch nutzlos, wenn er Marianne zwischen sich und Goethe teilt und sie »unsere Marianne« nennt. »Unsere Marianne kränkelt, sie leidet …«, sie hat »ein verwundetes Herz … Doch ich weiß nicht, ob den Meister das alles noch interessiert …« Goethe beantwortet den Brief nicht.

Nun wendet Willemer sich an August von Goethe: »Lassen Sie mich doch wissen, was der Vater macht, ob er wohl ist und zu uns auf die Mühle kömmt … er sollte wohl die alten Zimmer beziehen, die alten Freunde sehen – er soll mich nicht klagen hören, nicht weinen sehen. Reden Sie ihm zu, an den Main zu reisen.« Doch auch dieser Brief bleibt unbeantwortet. Verzweifelt versucht Willemer noch einmal, Goethe zu einer Reaktion zu bewegen. Er nennt ihn in diesem Brief zwar »Teuerster Freund«, aber dann macht er ihm klar, dass man Freunden gegenüber auch Pflichten hat: »… welch ein feindlicher Genius (ob ein Dämon der Gleichgültigkeit oder Abneigung) ist Ursach, daß von Ihnen kein freundliches Wort mehr zu uns gelangt! Ja daß auch August mir auf meine Bitte, wie es dem Vater gehe, keine Antwort gab? Und doch bedarf das Haus, das Sie kannten und liebten, eines freundlichen Zuspruchs – Marianne kränkelt … hat keine Stimme – der Sohn liegt im Grab … (Willemers Sohn, Offizier in preußischen Diensten, war im Duell getötet worden). Ich verlang keinen Brief, wenn Sie beschäftigt sind, nur drei Zeilen, daß Sie das Leben ertragen und uns noch wohlwollen.«

Die nun unumgänglich gewordene Antwort aus Weimar beginnt mit dem Satz: »Der Unglaube der bei unserem langen Schweigen, verehrter Freund, in Ihnen aufstieg, ist sehr verzeihlich ...« Da hätte Willemer eigentlich verwundert nachfragen müssen, wer denn hier wem etwas zu verzeihen habe, macht das aber nicht, sondern ist glücklich darüber, dass der Meister ihm endlich schreibt. Am Schluss des Briefes muss sich Goethe gerade in einer der unteren Etagen des Olymps befunden haben, in der er sich gewöhnlich dann aufhält, wenn er Bittsteller mit gönnerhaften Floskeln abfertigt. »Wenn Freunde und Freundinnen mir von Zeit zu Zeit ein Wort sagen, so wird es mir eine erfreuliche Winterslust sein, auch manchmal ein Lebenszeichen von hier aus merken zu lassen.« Die Willemers grüßen ihn »demutsvoll, respektvoll und liebevoll, wie es sich gerade schickt. Alle drei Grüße eignet sich an, Ihre Mariana«. Danach versinkt Marianne wieder in lethargischem Schweigen. Willemer schreibt an ihrer Stelle Monate später an Goethe: »Das Leben hemmende und verkrüppelnde (traurige) Ereignisse mancherlei Art haben sich um mich hergelagert (aber sie sollen meiner nicht Herr werden), unter denen das traurigste die Schwermut der guten Mariane – sind Ursache ihres und meines so langen Schweigens. Ich glaubte immer, sie würde schreiben, und deshalb schrieb ich nicht, aber alles verstummt in ihrer Seele, ein geheimer Kummer nagt an ihrem Herzen und zernagt es, wenn nicht bald Hülfe erscheint. Ich bin auf alles gefaßt ...«

Marianne wird sich mit ihrer unerfüllten Liebe noch lange herumquälen. An Goethe schreibt sie im September 1823: »... es ist eine eigene Geschichte mit dem

Aufgeben, und wenn ich schon früher mein Herz besänftigte, mit süßer Hoffnung ihm schmeichelte, so fehlt auch der Nachsatz nicht: Kurz ist das Leben führwahr, aber die Hoffnung ist lang! und ich kann trotz allen Gründen das widerspenstige Wesen nicht dazu bringen, daß es schweigt ...« Vielleicht wäre ihr das gelungen, wenn sie gewusst hätte, dass sich Goethe 1823 gerade in Marienbad als greiser Amor auf der Jagd nach Ulrike von Levetzow mit einem erstaunlichen Blattschuss selbst erlegt hat. Marianne von Willemer stirbt am 6. Dezember 1860. 1832 im Februar schreibt sie ihm ein letztes Mal: »Gedenken Sie meiner einmal mit Wohlwollen. Unverändert Ihre Mariane.« Und noch auf ihrem Grabstein steht: »Die Liebe höret nimmer auf.«

Ulrike von Levetzow

Ulrike von Levetzow im Alter von 17 Jahren.
Nach einem Pastellgemälde im Goethe-Nationalmuseum, Weimar.

Diese seine letzte große Liebe ist für den 74-jährigen Goethe lebensgefährlich. Kostete sein Abschied von Sesenheim Friederike Brion fast das Leben, so erkrankt nun Goethe schwer, als Ulrike von Levetzow sich ihm entzieht. Unheimlich ist das Ganze auch, sofern man ein Gefühl für das Unheimliche hat. Goethe zumindest hat es so empfunden. Er sieht in der letzten Geliebten das seelische Abbild der ersten – die Wiederkehr der Friederike Brion in der Gestalt der Ulrike von Levetzow – und beklagt, als alles zu Ende ist, in der »Trilogie der Leidenschaften« die Scheinfreiheit der Menschen. Das eigene Wollen ordne sich eben immer dem Lebensgesetz, dem Schicksal, unter, das ihm wieder einmal die Erfüllung versagt habe.

Die 17-jährige Ulrike, das Abbild, erscheint ihm zum ersten Mal 1821 in Marienbad. Sie kommt aus dem Elsass. In Straßburg hat sie ein Mädchenpensionat besucht und erzählt ihm von ihren Erlebnissen. Ulrike kennt Goethe nicht, hat nie etwas von ihm gehört oder gelesen und hält ihn für einen Gelehrten. Goethe hält sich wohl eher für einen Esel. Sein Herz schlägt viel zu heftig, findet er, wenn er am Abend mit ihr auf der Bank vor dem Haus der Pension Brösicke sitzt. Seine Bedenken sind verständlich. Er ist mehr als 50 Jahre älter als das Mädchen. Als er geboren wurde, stritt noch Voltaire mit Friedrich dem Großen. In Frankfurt hat er die Kaiserkrönung Josephs II. und in Straßburg den Einzug der Marie Antoinette erlebt, von dem er der Ulrike wahrscheinlich erzählt hat. Andererseits, was bedeuten 50 Jahre Altersunterschied, wenn man Deutschlands größter Dichter ist, ein Mann von Geist, Minister und Exzellenz, berühmt und von Tausenden verehrt. Und schließlich und letztendlich wird man noch immer von Frauen umschwärmt, die nicht viel älter als Ulrike sind und die ihn durchaus für jung genug halten.

Der Ulrike aber ist er zu alt. In den Augen der 17-Jährigen ist er sogar so alt, dass es nicht verwunderlich gewesen wäre, wenn sie ihn, naiv wie sie nun mal war, gefragt hätte, ob er sich auch an die Besetzung Straßburgs durch Louis XIV. erinnere. Sie sieht in Goethe den Großvater, dem man die Wange streichelt oder von dem man eine Tafel Schokolade bekommt, für die man sich dann mit einem artigen Knicks bedankt. Stundenlang sitzt sie denn auch arglos neben ihm und hört ihm zu. In ihrer eigenartig altmodisch umständlichen Diktion wird sie später berichten, dass es weder ihr noch ihrer Mutter eingefallen wäre, »in dem vielen Zusammensein etwas anderes als ein Wohlgefallen eines alten Mannes, welcher mein Großvater hätte sein können, nach den Jahren, zu einem Kinde, welches ich ja noch war, zu finden«. Er nennt sie »Töchterchen«. Damit wird er zwar dem Altersunterschied nicht ganz gerecht – aber wie würde Enkelin klingen! – und sie lächelt töchterlich zurück.

1822 sieht man sich in Marienbad wieder. Ulrike, in Begleitung ihrer Mutter und ihren Schwestern Bertha und Amélie, logiert bei der Familie von Brösicke, wo auch Goethe wohnt. Ulrike von Levetzow: »Auch diesen Sommer war Goethe sehr freundlich zu mir und zeichnete mich bei jeder Gelegenheit aus … es waren sehr viele Menschen in Marienbad, und fast alle bemühten sich, Goethe kennenzulernen ... da geschah es öfter, daß ich gebeten wurde, es zu vermitteln, auch schlug er es mir nie ab. Er pflegte in solchen Fällen zu sagen: ›Macht es sie glücklich, Töchterchen?‹« Seine Vorstellungen davon, was eine 17-Jährige glücklich machen könnte, dürften der des Mädchens kaum entsprochen haben. Stolz war sie sicherlich darauf, neben Goethe im Mittelpunkt des Interesses einer illustren Gesellschaft zu stehen. Aber glücklich? Glücklich ist nur Goethe. Er hat den Eindruck, das Mädchen empfinde mehr für ihn als ein »Töchterchen« für einen Vater. Im Januar 1823 schreibt er ihr: »Ihr holder Brief, meine Theure, hat mir das größte Vergnügen gewährt, und zwar doppelt wegen eines besonderen Umstands ...«, seit einiger Zeit stünde ihm ihre »willkommene Gestalt lebendiger und klarer vor dem innern Sinne als je. Nun aber entwickelt sich's! Es sind gerade die Tage und Stunden, da Sie mein auch in einem Höheren Grade gedachten und Neigung fühlten es auch aus der Ferne auszusprechen ... und so bleiben Sie überzeugt daß meine schönste Hoffnung fürs ganze Jahr sey in den heiteren Familien-Kreis wieder hinein zu treten ...«

Das macht er dann auch im Sommer 1823, er tritt hinein in die Familie und damit ins fröhliche Jugendleben. Ulrike und die Ihren kommen am 11. Juli nach Marienbad. Goethe ist schon da und wartet ungeduldig auf das »liebe Töchterchen«. Ein Kurgast berichtet: »Fräulein Ulrike von Levetzow, durch ihre eigene jugendliche Neigung gegen den schönen Greis, noch mehr aber durch den feurigen Anteil bekannt, den ihr Liebreiz auch ihm abzugewinnen wußte, sie, die Zierde des kleinen Kreises welcher dem merkwürdigen Schauspiel einer zärtlichen Annäherung zwischen 17 und siebzig Jahren zum Zeugen diente, Fräulein von Levetzow also, Goethes unzertrennliche Gefährtin, seine Führerin und Stütze auf allen Wegen und Stegen – sie war auch die eifrigste seiner Zuhörerinnen und der Gegenstand, an welchem der heitere und galante Teil der Unterhaltung sich zu richten pflegte.«

Bei Goethe sind nun all die Symptome festzustellen, die einen verliebten Mann kennzeichnen. Von seinen 170 seidenen Hemden wird täglich ein frisches angezogen, beim Promenieren mit Ulrike legt er seine Orden an. Er schwatzt ununterbrochen, rezitiert Gedichte mit rollender Stimme, hat fiebrig glänzende Augen, schenkt der Angebeteten Blumen, küsst ihr die Hände und bewegt sich wie ein Mondsüchtiger zwischen den Kurgästen. Er macht Ulrike die schönsten Komplimente und zählt alles auf, was man so zu nennen pflegt: Haar, Augen, Hände etc., die Beine nicht, das wäre in höchstem Maße unschicklich gewesen. Außerdem sieht er die gar nicht. Ulrike trägt lang, wie es sich gehört, bis zum Knöchel, und ihre Kleidung ist meist unschuldig weiß. Das mag er besonders. Also wird auch das Kleid in die Huldigungen mit einbezogen. Kurz und gut, Goethe erreicht im Sommer 1823 jenen Grad an Verwirrung, der Männer glauben lässt, sie könnten übers Wasser laufen. Er wird mit jedem Tag an der Seite Ulrikes um einige Jahre jünger und schreibt, auf dem Höhepunkt seiner Rückkehr in die Jugend angelangt:

»Der Jüngling, froh wie in der
Kindheit Flor,
Im Frühling tritt als Frühling selbst
hervor …,
Nichts engt ihn ein, nicht Mauer,
nicht Palast,
Wie Vögelschar die Wäldergipfel
schweift,
So schwebt auch er, der um die Liebste
schweift …«

Er ist angekommen, in Sesenheim, in der Jugend, und die ein Menschenleben zurückliegende Liebesgeschichte könnte nun wiederholt werden, mit glücklichem Ausgang natürlich. Ein Abschnitt seines Lebens wäre dann korrigiert: Friederike Brion und er glücklich vereint. Für die Geliebte schreibt er im August 1823:

»Du hattest längst mir's angetan
Doch jetzt gewahr ich neues Leben:
Ein süßer Mund blickt uns gar
freundlich an,
Wenn er uns einen Kuß gegeben.«

Unnötigerweise taucht noch ein Mädchen namens Lili auf, das geküsst werden will. Er erledigt das auf der Treppe. Sie sagt: »Ich bin eigentlich die Lili aus Ihrem Park, aber ich habe leider keine Menagerie.« Goethe findet das nicht zum Lachen, er ist viel zu dicht dran an der unsichtbaren Welt der Ehemaligen.

Am 17. August 1823 verlässt die Familie von Levetzow Marienbad und reist nach Karlsbad. Goethe folgt ihr am 25. August. Er zieht in den »Goldenen Strauß«, da haben sich auch die Levetzows einquartiert. Wieder ist er täglich mit Ulrike zusammen. An Zelter schreibt er, dass er sich »einem sehr hübschen Kind in den Dienst gegeben« habe, und Jakob von Willemer teilt er mit, dass einen freien, fast ländlichen Aufenthalt genieße: »Bewegung von morgens bis abends, im Wandeln und Fahren, Eilen und Begegnen, Irren und Finden und für die Jugend zuletzt im Tanz gaben Zeit und Gelegenheit zum Erneuern älterer Verhältnisse …«

Eine neue Bekanntschaft ergibt sich nach einem Konzert der berühmten polnischen Pianistin Szymanowska. Goethe, von ihrem Klavierspiel wie von ihrer Schönheit gleichermaßen beeindruckt, verliebt sich in sie, spricht von den »zarten blauen Schwingen« ihrer Musik. Als er beim Promenieren mit ihr stolpert, entschuldigt er sich kokett: Das Alter wäre es, dass ihn an der Seite einer schönen Frau so unsicher mache. Die Szymanowska lächelt. Sie ist voller Bewunderung und Dankbarkeit für ihn, und als sie ihn im November 1823 noch einmal in Weimar besucht, sagt sie: »Sie haben mir den Glauben an mich bestätigt, ich fühle mich besser und würdiger, das Sie mich achten.« Er widmet ihr ein Gedicht. Es bildet den Abschluss der »Trilogie der Leidenschaften« mit dem »Doppelglück der Töne wie der Liebe«. Seine »concilanten Träume« aber gelten nicht ihr, sondern Ulrike, mit der er so recht nicht vorankommt. Das Herz schlägt ihr nicht im Hals, wenn sie mit ihm zusammen ist. Sie geht auch ganz gern einmal ihre eigenen Wege und ein verärgerter Goethe schreibt:

> »Am heißen Quell verbringst Du Deine Tage
> das regt mich auf zu innern Zwist;
> denn wie ich Dich so ganz im Herzen trage
> begreif ich nicht wie Du wo anders bist.«

In Karlsbad erzählen sich die Kurgäste allerdings, dass ein Fräulein von Levetzow den großen Goethe heiraten werde. Das Gerücht erreicht im Handumdrehen Weimar und die Klatschtanten der Gesellschaft, allen voran Charlotte von Schiller, haben hoch willkommenen Gesprächsstoff. Die Schiller findet es »gar zu toll«, wenn Goethe in seinem Alter noch einmal heiraten würde, und hofft, dass er sich diese »Blöße« nicht gibt. Karoline von Humboldt schreibt ihrem Mann, dass die Heirat bereits stattgefunden habe. Im Goethehaus am Frauenplan kommt es zu tumultartigen Szenen, August, um sein Erbe fürchtend, macht dem Vater Vorwürfe und droht, nach Berlin zu ziehen. Charlotte von Schiller, wie immer gut informiert, schreibt: »Die Familie hat Goethes Heiratsgedanken auf eine undelikate, harte Art aufgenommen, statt ihm Anteil zu zeigen. Der Sohn soll mit ihm sehr hart gewesen sein. Ottilie bekam Krämpfe. Alles war in Verzweiflung …«

Als die Schiller das schreibt, gibt es aber für Goethes Familie bereits keinen Grund mehr zur Verzweiflung.

Ulrike hatte sich längst entschlossen, Goethe nicht zu heiraten. Sie hat das aber weder Goethes Brautwerber Karl August noch ihm selbst mitgeteilt. Im Alter zu dieser Sache befragt, schreibt sie: »Der Großherzog war es, welcher meinen Eltern und auch mir sagte, daß ich Goethe heiraten möchte; erst nahmen wir es für Scherz und meinten, daß Goethe sicher nicht daran denke, was er widersprach, und oft wiederholte, ja selbst mir es von der lockendsten Seite schilderte, wie ich die erste Dame am Hofe und in Weimar sein würde, wie sehr er, der Fürst, mich auszeichnen wolle, er würde meinen Eltern gleich ein Haus in Weimar einrichten und übergeben, damit sie nicht von mir getrennt lebten, für meine Zukunft wolle er in jeder Weise sorgen; meiner Mutter redete er sehr zu und später hörte ich, daß er versprochen habe, daß, da nach aller Wahrscheinlichkeit ich Goethe überleben würde, er mir nach dessen Tod eine jährliche Pension von 10.000 Talern aussetzen wolle. Meine Mutter frug mich, ob ich mich wohl dazu geneigt fühle, worauf ich erwiderte, ob sie es wünsche, daß ich es tue; ihre Antwort war: Nein, mein Kind, du bist noch zu jung, um daß ich dich schon jetzt verheiratet sehen möchte; doch ist der Antrag so ehrenvoll, daß ich auch nicht, ohne dich darüber zu fragen, ihn abweisen kann; du mußt es dir überlegen, ob du in einer solchen Lage den Goethe heiraten kannst. – Ich meinte: Ich brauche keine Zeit zu überlegen, ich hätte Goethe sehr lieb, so wie einen Vater, und wenn er ganz allein stünde, ich daher glauben dürfte, ihm nützlich zu sein, da wollte ich ihn nehmen, er habe ja aber durch seinen Sohn, welcher verheiratet sei, und welcher bei ihm im Hause lebt, eine Familie, welche ich ja verdrängen würde, wenn ich mich an ihre Stelle setzte; er brauche mich nicht, und die Trennung von Mutter, Schwester und Großeltern würde mir gar zu schwer; ich hätte noch gar keine Lust zu heiraten.«

Im Haus am Frauenplan bleiben die Zustände chaotisch. Die Familie hat nach wie vor ihre Befürchtungen. Goethe lächelt geistesabwesend in alle Richtungen der Windrose. Mit dem Weimarer Kanzler von Müller spricht er – in Gedanken bei Ulrike – von der Ehe, wenn auch nur sehr theoretisch. Aber er war auch schon, sehr praktisch, beim Arzt und hat sich erkundigt, ob ihm die damit verbundenen angenehmen Pflichten womöglich schaden könnten. Nein, hieß es, er sei noch sehr gut erhalten. Bei der Mutter von Ulrike fragt er indirekt an, wann geheiratet werden könne. Er wird aufdringlich und bringt die Levetzow in Verlegenheit. Man will Goethe nicht mit einer Absage verletzen und hofft, dass er die ausweichenden Antworten versteht und seine Pläne aufgibt.

Ernsthafte, aber immer wieder verdrängte Zweifel daran, dass es zu einer Verbindung mit Ulrike kommen könne, hat Goethe bereits auf der Rückreise von Karlsbad gehabt. Die sind ihm erhalten geblieben. Zu Müller sagt er mit einem Anflug von Galgenhumor, dass Ifland aus seiner Liebesgeschichte mit Ulrike »ein charmantes Stück« fertigen könne, Thema: »Ein älterer Onkel, der seine junge Nichte allzu heftig liebte«. Im November 1823 erkrankt er schwer. Zelter, sein alter Freund, kommt und merkt sofort, was Goethe, der fiebernd im Bett liegt, zu schaffen macht. Er findet einen Mann vor,

»der aussieht, als hätt er die Liebe, die ganze Liebe mit aller Qual der Jugend im Leibe.« Zelter kuriert ihn auf seine eigene derbe Art: Er liest ihm einige Male die »Marienbader Elegie« vor »und von Stund an, zur Verwunderung der Ärzte«, ging es Goethe besser.

Doch kaum ist Zelter abgereist, wird Goethe wieder rückfällig und beginnt abermals mit der brieflichen Belagerung der Levetzows. Am Silvesterabend 1823 schreibt er: »Zur gleichen Zeit aber steht der neue Wand-Calender von 1824 vor mir, wo die zwölf Monate zwar reinlich, aber auch vollkommen gleichgültig aussehen … die ganze Tafel ist noch in Blancko, indessen Wünsche und Hoffnungen hin und wieder schwärmen. Mögen die meinen den Ihrigen begegnen! Möge sich dem Erfüllen und Gelingen nichts! Nichts! Entgegen setzen!« Er bittet um Mitteilung »Wo und Wie?« seine »Gedancken Sie aufsuchen« könnten. »Gute Nachricht von allen Herzlich gegrüßten … mit Sehnsucht hoffend und erwartend treu anhänglich G.« Die Situation für die Damen Levetzow, vor allem für Ulrike, wird immer peinlicher.

Im März 1824 schreibt er an Ulrikes Mutter: »Sagen Sie mir, theuerste Freundin, mit mehr Entschiedenheit, wenn es möglich ist, Ihre Aussichten, Pläne, Vorsätze für die nächste Zeit.« Die Levetzows bleiben in ihren Briefen freundlich und nichtssagend. Sie schreiben ihm im August 1824, dass sie noch einige Zeit in Dresden sein werden, um dann, für Goethe unerreichbar, »durch das südliche Deutschland, vielleicht bis Straßburg« zu reisen. Ulrike schreibt: »Nehmen Sie unsere besten innigsten Wünsche für Ihr Glück und Ihre Zufriedenheit, von uns mit freundlichem Wohlwollen an, und erinnern sich entfernt zuweilen an Ihre ergebene Freundin Ulrike«.

Im Herbst 1825 gibt Goethe endlich resignierend auf. Er grüßt die »theure Ulrike nochmals« und stürzt sich in die Arbeit: »Faust II« nimmt ihn ganz in Anspruch. Nachdem er im ersten Teil Gretchen-Friederike ins Paradies geschickt hat, folgt ihr Faust-Goethe nun nach. »Der früh Geliebte, Nicht mehr Getrübte, Er kommt zurück« (Gretchen, Faust II). Auf der Bühne gelingt, was ihm im Leben versagt blieb: Er schlägt dem Schicksal ein Schnippchen. In seinem Leben spielen Frauen von nun an keine Rolle mehr.

Ulrike, das Abbild der Friederike, bleibt wie diese bis ans Ende ihrer Tage unverheiratet. Sie wird Stiftsdame und genau wie Friederike Brion findet sie in der Erziehung der Schwesternkinder eine Aufgabe. Den Lebensabend verbringt sie auf ihrem Gut in Mähren in gesicherter Existenz. Ihre Tage sind ruhig. Hunde hat sie ein halbes Dutzend, die gelegentlich auch dazu dienen, Goetheforschern, die sich allzu aufdringlich nach ihrem Verhältnis mit dem Dichter erkundigen, Mores zu lehren. Einem soll auf der Flucht vor der Meute durch den Levetzowschen Park nicht nur ein Teil seiner Hose abhanden gekommen sein, sondern auch die Illusion, Ulrike sei eine sanftmütige und freundliche alte Dame. Es war ihr zuwider, in der Presse als die letzte große Liebe Goethes herumgereicht zu werden. Nur selten erinnert sie sich in der Öffentlichkeit an ihn. Sendungsbewusstsein, wie etwa die Arnim, die sich als Propagandistin

Goethes fühlte, hat sie nie gehabt. Als sie sich im Alter dazu entschließt, ihr Porträt nach Sesenheim zu schicken, geschieht das nur, weil man sie sehr darum bittet. Eine Einladung zur Feier des 150. Goethe-Geburtstages in Weimar ist ihr unangenehm. An eine Verwandte schreibt sie: »Du wirst wohl wissen, liebe Teodora, daß den 28. August von allen Goethe-Gesellschaften und Schwärmern sein 150. Geburtstag gefeiert wird, und zu diesem Zweck bilden sie sich ein, dass auch ich dabei sein muß, da leider durch die Zeitungen mein Name so verbreitet und bekannt geworden ist.«

Goethe ist in ihrer Erinnerung keine göttliche Erscheinung, sondern sehr menschlich, freundlich, liebenswürdig, ein wenig unsicher auf den Beinen, ein Großvater eben, ein überaus interessanter allerdings, und in einer Hinsicht eben auch einer, der für ihren Geschmack etwas zu lasziv war. Er habe einmal in Gesellschaft ein Damenstrumpfband ins Gespräch gebracht, erzählt sie einem Bekannten, und dass er sich dabei ihr zugewandt habe und dass sie ganz rot geworden sei vor Scham. Goethe habe dann aber, ihre Verlegenheit erkennend, rasch, damit kein Schalk Arges dabei denkt, über den englischen Strumpfbandorden gesprochen.

Die Strumpfbandgeschichte ist vermutlich das einzige erotische Erlebnis der Ulrike von Levetzow. Es wird auch das erste Mal gewesen sein, dass sie Goethe als Mann und nicht als Neutrum empfunden hat. Sie soll als alte Dame, wen wundert's, immer maskuliner geworden sein. Bolzengerade und knackpreußisch umschritt sie täglich ihren Besitz und achtete darauf, dass auf dem

Gut peinlichste Ordnung herrschte. Ein Journalist schreibt gegen Ende des 19. Jahrhunderts über sie, diese Frau sei vertrocknet wie ein altes Holzscheit, er könne sich nicht vorstellen, dass sie je geliebt worden sei.

Ulrike von Levetzow stirbt 95-jährig auf ihrem Gut Trziblitz in Mähren. Sie hat Goethe 70 Jahre überlebt.

Frauen um Goethe

Anekdoten und Ansichten

Goethe.
Nach dem Ölgemälde von Georg Oswald May, 1779.
(Freiherr Fr. Cotta von Cottendorf, Stuttgart.)

Ick hatte mir vorgenommen, den großen Goethe doch auch mal zu besuchen, und wie ick mal durch Weimar fuhr, ging ick nach seinem Garten und gab dem Gärtner einen harten Thaler, daß er mir in eine Laube verstekken und einen Wink geben sollte, wenn Goethe käme. Und wie er nun die Allee runter kam und der Gärtner mir gewunken hatte, da trat ick raus und sagte: »Anjebeteter Mann!«

Da stand er stille, legte die Hände auf den Rücken, sah mir groß an und fragte: »Kennen Sie mir?«

Ich sagte: »Großer Mann, wer sollte Ihnen nicht kennen!« und fing an zu deklamieren:

»Fest gemauert in der Erden
Steht die Form aus Lehm gebrannt«.

Darauf machte er mir einen Bückling, drehte sich um und ging weiter. So hatte ick denn meinen Willen gehabt und den großen Goethe gesehn.«

(Madame Du Titre, nacherzählt von Dr. W. Bode)

»Es war in Dresden am 24. April 1813. Goethe trat bei der Familie von Kügelgen ein und bat sie, von ihrem Fenster aus den Einzug des russischen Kaisers und des preußischen Königs, ohne sie zu stören, ansehen zu dürfen. Frau von Kügelgen, als innerlich vornehme Dame, verstand, daß er ungestört sein wolle, und so vermied sie es, ein Gespräch mit ihm anzuknüpfen, während er mit Behagen am Fenster stand, nach seiner Art die Hände auf dem Rücken. Sie wußte, wie sehr ihn die schöngeistigen Damen sonst bedrängten und schwieg deshalb. Indem ward heftig an der Klingel gerissen … und herein drang eine unbekannte Dame, groß und stattlich wie ein Kachelofen und nicht weniger erhitzt. Mit Hast rief sie: »Ist Goethe hier?« – »Goethe!« Das war kurz und gut … Mit offenen Armen auf ihren Götzen zuschreitend, rief sie: »Goethe! ach Goethe! wie habe ich Sie gesucht! Und war denn das recht, mich so in Angst zu setzen!« Sie überschüttete ihn nun mit Freudenbezeugungen und Vorwürfen. Unterdessen hatte sich der Dichter langsam umgewendet. Alles Wohlwollen war aus seinem Gesicht geschwunden, und er sah düster und verstimmt aus wie eine Rolandssäule. Auf Frau von Kügelgen zeigend, sagte er in sehr prägnanter Weise: »Da ist auch Frau von Kügelgen!« Die Dame machte eine leichte Verbeugung, wandte dann aber ihrem Freunde, dessen üble Laune sie nicht bemerkte, ihre Breitseiten wieder zu und gab ihm eine volle Ladung nach der anderen von Freudenbezeugungen, daß sie ihn glücklich geentert, beteuernd, sie werde sich diesen Morgen nicht wieder von ihm lösen. Jener war in sichtliches Mißbehagen versetzt. – Er knöpfte seinen Oberrock bis ans Kinn zu, und da mein Vater eintrat und die Aufmerksamkeit der Dame, die ihn kannte, für einen Augenblick in Anspruch nahm, war Goethe fort.«

(Nacherzählt von Dr. W. Bode)

»Nach Tisch ein halbes Stündchen bei Goethe, den ich in sehr heiterer milder Stimmung fand. Wir sprachen über allerlei Dinge, zuletzt auch über Karlsbad, und er scherzte über die mancherlei Herzensabenteuer, die er daselbst erlebt. Eine kleine Liebschaft, sagte er, ist das einzige, was uns einen Badeaufenthalt erträglich machen kann; sonst stirbt man vor Langeweile. Auch war ich fast jedesmal so glücklich, dort irgendeine kleine Wahlverwandtschaft zu finden, die mir während der wenigen Wochen einige Unterhaltung gab. Besonders erinnere ich mich eines Falles, der mir noch jetzt Vergnügen macht.

Ich besuchte nämlich eines Tages Frau von Reck. Nachdem wir uns eine Weile nicht sonderlich unterhalten und ich wieder Abschied genommen hatte, begegnete mir im Hinausgehen eine Dame mit zwei sehr hübschen jungen Mädchen. ›Wer war der Herr, der soeben von ihnen ging?‹ fragte die Dame. ›Es war Goethe‹, antwortete Frau von Reck. ›O, wie leid tut es mir‹, erwiderte die Dame, ›daß er nicht geblieben ist und daß ich nicht das Glück gehabt habe, seine Bekanntschaft zu machen!‹ – ›Oh, daran haben Sie durchaus nichts verloren, meine Liebe‹, sagte die Reck. ›Er ist sehr langweilig unter Damen, es sei denn, daß sie hübsch genug wären, ihm einiges Interesse einzuflößen. Frauen unseres Alters dürfen nicht daran denken, ihn beredt und liebenswürdig zu machen.‹ Als die beiden Mädchen mit ihrer Mutter nach Hause gingen, gedachten sie der Worte der Frau von Reck. ›Wir sind jung, wir sind hübsch‹, sagten sie, ›laßt uns doch sehen, ob es uns nicht gelingt, jenen berühmten Wilden einzufangen und zu zähmen!‹ Am anderen Morgen auf der Promenade am Sprudel machten sie mir im Vorübergehen wiederholt die graziösesten, lieblichsten Verbeugungen, worauf ich denn nicht unterlassen konnte, mich gelegentlich ihnen zu nähern und sie anzureden. Sie waren charmant! Ich sprach sie wieder und wieder, sie führten mich zu ihrer Mutter, und so war ich denn gefangen. Von nun an sahen wir uns täglich, ja wir verlebten ganze Tage miteinander. Um unser Verhältnis noch inniger zu machen, ereignete es sich, daß der Verlobte der einen ankam, worauf ich mich denn um so ungeteilter an die andere schloß. Auch gegen die Mutter war ich, wie man sich denken kann, sehr liebenswürdig. Genug, wir waren alle miteinander überaus zufrieden, und ich verlebte mit dieser Familie so glückliche Tage, daß sie mir noch jetzt eine höchst angenehme Erinnerung sind. Die beiden Mädchen erzählten mir sehr bald die Unterredung zwischen ihrer Mutter und Frau von Reck, und welche Verschwörung sie zu meiner Eroberung angezettelt und zu glücklicher Ausführung gebracht.«

(Nacherzählt von Dr. P. Eckermann)

»Er ist der höflichste und geistreichste Mann den man sich denken darf.«

(Ulrike von Brösicke, 1806)

»Goethe kann gut und brav, auch groß sein; nur in der Liebe ist er nicht rein und dazu nicht wirklich groß genug. Er hat zu viele Mischungen in sich, die verwirren, und da kann er die Seite, wo eigentlich Liebe ruht, nicht blank und eben lassen. Goethe ist nicht glücklich und kann schwerlich glücklich werden.«

(Johanna Schlosser, 1779)

»... was Goethe anbetrifft, der ist hier ohngefähr so der Gegenstand allgemeiner Unterredung, als ehedem die

Hyäne von Frankreich es unterm deutschen Landvolk war. Sie wissen nicht, was sie aus dem Ding machen sollen, und gerade weil sies nicht wissen, machen sie sich ein Ideal von dem Dinge, das genau so paßt als eine Faust in Venus' Auge.«

(Luise von Göchhausen, 1776)

»Man kann ihn nur bewundern.«

(Gräfin von Gaisruck, 1813)

»Im ganzen will es mir nicht wohl mit ihm werden.«

(Karoline Herder, 1788)

»Sein Charakter und seine Ansichten sind mir nicht sympathisch.«

(Anne Luise Germaine de Staël, 1804)

»Ich muß nicht vergessen, daß wir gestern zum Diner bei Frau von Stein waren und zu Ende desselben den Geheimen Rat Goethe hereintreten sahen. Er ist dem Hause des Herrn von Stein sehr bekannt. Er hat etwas entsetzlich Steifes in seinem ganzen Betragen und spricht gar wenig. Es war mir immer, als ob ihn seine Größe verlegen machte. Indessen behaupten alle, die Goethe näher kennen, daß er in seinem Amte gewissenhaft und redlich ist, auch Arme heimlich unterstützt. Sein neuer Standort hat aber nach demselben Zeugnis etwas Fremdes in sein Wesen hineingebracht, das manche Stolz, manche Schwachheit nennen.«

(Sophie Becker, 1784)

»Er hat kein Gemüt und keine Liebe, und wenn es damit nicht richtig ist, kann alles auf Länge nicht richtig werden.«

(Dorothea Schlegel, 1804)

»Klopstock, Herder, Jung gingen auf gerader Straße dem Ziel nach. Schillers Weg scheint mir stark geschweift. Und Goethens ein vollkommener Zickzack. Unbegreiflich ist meinem Gemüt das Haschen nach allem. Ein solcher Mensch erscheint mir wie ein Polyp, der seine Arme unaufhörlich nach Raub ausstreckt und mit gleicher Begierde alles und jedes an sich reißt.«

(Helene von Kügelgen, 1812)

»Nun habe ich doch ein Interesse hier, und nun fängt die Kur auch an, mir zu bekommen: ich habe Goethe kennengelernt. Anspruchsloser wie er es ist in seinem Reden und Schweigen, in seinem Gehen und Stehen, ist es unmöglich zu sein. Sein Gesicht ist edel gebildet, ohne gleich einen inneren Adel entgegenzustrahlen, eine bittre Apathie ruht wie eine Wolke auf seiner Stirn. Bei einem schönen männlichen Wuchs fehlt es ihm an Eleganz, und seinem ganzen Wesen an Gewandtheit; ist das der Günstling der Musen und Grazien! dies der Schöpfer des Tasso, des Egmont und der Iphigenie! des Werther und Götz, des Faust, und ach der Sänger jener herzempörenden und herzstillenden, jener sanft einlullenden und aufschreckenden Lieder? Ich sah nur den Verfasser des Wilhelm Meister diesen Abend und auch der ist aller Ehren wert. Da faßte mich bei einem Gedanken, aus dem der seinige zurückstrahlte, plötzlich sein Flammenauge und ich sehe Fausts Schöpfer.

Ich sehe ihn seitdem täglich und versäume keine Gelegenheit ihn zu sehen. Anfangs quälten mich seine Blicke, die ich immer auf mir und an mir empfand, wenn ich ihn nicht ansah, und die dann die des forschenden Beobachters waren; und des Beobachters ohne Hoffnung und Glauben an reinen Menschenwert. Das Glück hat ihn verzogen und die Weiber. Er hat geschwelgt ohne zu genießen, genommen ohne zu geben, ob je in seinem Herzen der reine Ton der Liebe wieder erklingen wird? Er hat viel geredet und immer als ob's halb im Scherz wäre, aber im bitteren Scherz herrliche Sachen gesagt. Übrigens war er heut (dies ist alles beim Sprudeltrinken auf und ab geredet) schrecklich paradox und ich ergrimmte über sein Wegwerfen der Erinnerung. Die Gegenwart ist die einzige Göttin die ich anbete, sagte er; über seinen Unglauben an intellektuelle Freundschaft: Freundschaft werde durch Verhältnisse genährt, und wenn diese sich änderten oder aufhörten, stürbe sie Hungers. Ich ward zur Salzsäule! – Einmal sagte er Niemand hat Mitleiden mit mir, wenn ich klage (es war Scherz). Ich sagte ihm ernst: Ich habe bei manchem Ihrer Lieder inniges Mitleid empfunden. – O ja, ich war wohl unglücklich in diesen Augenblicken, aber dergleichen muß man abschütteln. – Nein, nicht abschütteln, sagte ich, durcharbeiten und in sich zur Heiterkeit verwandeln! – Denn seine Gleichgültigkeit ohne Heiterkeit und daß er schon so ganz mit den Menschen abgerechnet hat, ist mir schrecklich. – Er ist fertig mit dem dritten Teil von Wilhelm Meister: Ich bin der Redakteur jetzt, sagte er, und sehe das Ding nach, wie das Werk eines Verstorbenen.

Ach seine Forderungen sind nur zu eingeschränkt, nur wenige Worte sagte er über das Leiden, das er erduldet, ehe er nach und nach dahin gekommen, wo er nun sei. Dieser außer-ordentliche Mensch konnte freilich nicht auf gewöhnliche Weise sein viel forderndes Herz und seinen ungestümen Sinn befriedigen. Mir erscheint er als eins der seltensten Exemplare der Menschheit, in voller Kraft eines unbeugsamen Willens und hohen Geistes; ihm war es vielleicht neu, ein Weib zu sehen, die ruhig und ungeblendet ihn beobachtete. So blieben wir eine Weile einander gegenüber, aber dann öffnete er sich mir mit edler Offenheit, fühlend, daß ich sein besseres Selbst suchte – und ich entdeckte in ihm einen Schatz der Wahrheit, Billigkeit und Güte, die verbunden mit dem, was er als Dichter zu geben vermag, mir ihn unvergeßlich machen.«

(Friederike Brun, 1795)

»Ich habe fünfzehn Jahre mit meinem Schwiegervater zusammen gelebt, mit einem jungen, warmen, törichten Herzen, mit einer großen Dosis Phantasie und ebensoviel Unvernunft, und nie habe ich auch nur einmal gefunden, er sei kalt oder gar herzlos. Und welche Ansprüche macht man doch in der Jugend nicht nur an das Gefühl, sondern selbst an die äußeren Zeichen davon! Aber er stellte sich immer auf den Standpunkt des anderen, und so war er mild-verstehend und bei Irrtümern erbarmend … Der Vater war ein Mann des Volkes. Das weiß der …, der ihn einmal, nicht nur mit Leuten in untergeordneter Stellung reden, nein, zuhören sah, mit dem lebendigsten Interesse in alles eingehend. Auf unseren Spazierfahrten habe ich das oft erlebt, und ich muß ehrlich gestehen: zu meiner Langenweile …

Ein Hauptzug meines Vaters war, daß er ganz neidlos; auch nicht vorübergehend, nie sah ich eine Spur davon. Nur reine Freude und Anerkennung empfand er, wo ihm Großartiges entgegentrat; ja die Tränen traten ihm vor Bewunderung in die Augen.«

(Ottilie von Goethe, 1861)

Anhang

Personen

Anna Amalia, Herzoginmutter (geb. 24. Okt. 1739 in Wolfenbüttel, gest. 10. April 1807). Tochter des Herzogs Karl I. von Braunschweig, Nichte Friedrichs des Großen. Begründerin des Weimarer Musenhofes.

Arnim, Anna Elisabeth von (Bettina), geb. Brentano (geb. 4. April 1785 in Frankfurt a.M., gest. 20. Januar 1859 in Berlin). Sie war die Tochter von Peter Anton Brentano und Maximiliane Euphrosyne Brentano (Maxe), geb. von La Roche. Bettina wurde nach dem Tod ihrer Eltern im Kloster Fritzlar erzogen. 1806 schloss sie sich eng an Goethes Mutter an. 1807 besuchte sie Goethe zum ersten Mal in Weimar. Als Schriftstellerin wurde sie 1835 mit ihrem Buch »Goethes Briefwechsel mit einem Kinde« bekannt. Bettina von Arnim trat für politische und soziale Änderungen in Preußen ein. Sie veröffentlichte u.a. 1843 »Dies Buch gehört dem König«,

1848 »An die aufgelöste preußische Nationalversammlung« (Flugschrift), 1852 »Gespräch mit Dämonen«.

Arnim Ludwig Achim von (geb. 26. Jan. 1781 in Berlin, gest. 21. Jan. 1831 in Wiepersdorf). Heirat mit Bettina 1811. Mit Goethe wurde von Arnim 1801 in Göttingen bekannt. Werke u.a.: »Des Knaben Wunderhorn« (gemeinsam mit seinem Schwager Clemens Brentano), »Der Wintergarten«, »Arabella von Ägypten«, »Der tolle Invalide auf dem Fort Ratonneau«.

Bernstorff, Auguste Luise, Gräfin von, geb. Gräfin von Stolberg-Stolberg (geb. 7. Jan. 1753, gest. 30. Juni 1835). Sie wandte sich 1775 unter dem Eindruck von »Werthers Leiden« an Goethe. Ihr Briefwechsel mit ihm endete 1782. Sie ist die »niegesehene Geliebte«, das »Gustgen«.

Blücher, Gebhardt Leberecht von, Fürst von Wahlstatt, preußischer Generalfeldmarschall (geb. 16. Dez. 1742, gest. 12. Sept. 1819). Die Willemers hatten Blücher wahrscheinlich um 1800 in Frankfurt kennen gelernt. Goethe verkehrte mit dem Marschall bei einem seiner Kuraufenthalte in Karlsbad.

Boisserée, Sulpiz (geb. 8. Aug. 1783, gest. 2. Mai 1854). Bedeutender Sammler altdeutscher Kunst, Generalkonservator der Denkmäler Bayerns. Er lernte Goethe 1811 in Weimar kennen und begleitete ihn zeitweise bei dessen Rhein-Main-Reisen 1814 und 1815.

Branconi, Maria Antonia Pessina von, geb. von Elsener (geb. 27. Okt. 1746, gest. 7. Juli 1793). Die Branconi war lange Zeit Mätresse des Erbprinzen Karl-Wilhelm Ferdinand von Braunschweig, Bruder der Anna Amalia von Sachsen-Weimar. Ihr Verhältnis zu Goethe konnte nie restlos geklärt werden. 1776 erwarb sie Gut Langenstein bei Halberstadt und nahm dort ihren Wohnsitz. Sie lebte aber auch in Lausanne, Frankfurt a.M. und in Straßburg.

Brentano, Clemens (geb. 8. Sept. 1778 in Ehrenbreitstein, gest. 28. Juli 1842 in Aschaffenburg). Neben Achim von Arnim bedeutender Dichter der Heidelberger Romantik. Bruder von Bettina. Er reiste mit Achim von Arnim als fahrender Sänger durch Deutschland. 1802 Heirat mit der Schriftstellerin Sophie Mereau. Brentano verfasste zahlreiche Gedichte, Kunstmärchen sowie Freiheits- und Soldatenlieder. Er bearbeitete mit hoher Meisterschaft Spees »Trutznachtigall« und Wickrams »Goldfaden«.

Brentano, Maximiliane Euphrosyne (Maxe), geb. von La Roche (geb. 1756, gest. 1793). Zweite Frau von Peter Anton Brentano. Mutter von Bettina und Clemens Brentano. Mit der Familie Goethe befreundet. Künstlerisch begabt. Ihre Ehe mit Peter Brentano war nicht glücklich.

Brentano, Peter Anton, Kaufmann (geb. 1735, gest. 1797).

Brion, Christian (geb. 1763, gest. 1817), Pfarrer, Bruder der Friederike Brion.

Brion, Friederike Elisabeth (geb. 1752 (?) in Niederrödern/Elsass, gest. 3. April 1813 in Meißenheim/Baden). Goethes Jugendliebe wurde durch die Schilderung der Sesenheimer Liebesgeschichte in »Dichtung und Wahrheit« populär. Vieles um ihre Person liegt im Dunkeln. So gibt es kein bestätigtes Porträt von ihr. Im so genannten Germanistenstreit um Goethe und Friederike Brion war das Alter des Mädchens wiederholt Anlass zu Auseinandersetzungen. Zwar wurde, ausgehend vom Jahr ihrer Konfirmation 1766, an Hand der Geburtsdaten ihrer Mitkonfirmandinnen angenommen, sie müsse etwa 1752 geboren und somit 1770, als Goethe sie kennen lernte, 18 Jahre alt gewesen sein. Aber diese Annahme steht auf schwachen Füßen, da von den 28 überprüften Mädchen nur 15 im Jahr 1752 geboren waren. Acht Mädchen gehörten dem Jahrgang 1751 und vier dem Jahrgang 1750 an. Bei einem Mädchen war das Geburtsjahr nicht festzustellen. Die jüngsten Konfirmandinnen waren 1766 also etwa 13 Jahre alt, die älteren hatten das 16. Lebensjahr fast vollendet. Das lässt die Hypothese zu, dass, wie in anderen Regionen Deutschlands, auch im Elsass die Pfarrer den Zeitpunkt der Konfirmation eines Kindes nicht ausschließlich vom Alter desselben, also vom vollendeten 14. Lebensjahr abhängig machten, wie es in einer am 30. Juni 1750 erlassenen landesherrlichen Verordnung, die auch für Sesenheim galt, verfügt war, sondern auch von den Kenntnissen der Prüflinge.

Es ist daher möglich, dass Friederike Brion bereits vor dem 14. Lebensjahr konfirmiert wurde, da sie als Angehörige einer Pfarrersfamilie eine bessere Ausbildung besaß als die Kinder der Bauern. Sophie Brion, die jüngere Schwester der Friederike, war der Ansicht, diese sei 1770 etwa 15 oder 16 Jahre alt gewesen. Bestätigt wird das durch die Meißenheimer Sterbeurkunde vom April 1813, ausgestellt von Pfarrer Marx, in der ihr Alter mit etwa 58 Jahren angegeben ist.

Dass die Brion 1770 wahrscheinlich um einiges jünger als 18 Jahre gewesen ist, darauf deutet auch Lenz mit seinem Gedicht »Die Liebe auf dem Lande« hin, in dem es heißt: »... von einem Menschen, welcher kam / und ihr als Kind das Herze nahm«. Lenz, dem begnadeten Lyriker, wäre sicherlich für »Kind« noch etwas anderes eingefallen, wenn er nicht eben das hätte hervorheben wollen. Wie alt Friederike Brion 1770 aber nun wirklich war, ist auch damit nicht festzustellen. Franz Lehar griff 100 Jahre nach der Sesenheimer Tragödie das Thema noch einmal auf und ließ in der Operette »Friederike« seine Heldin singen: »Ich war kein Weib, ich war ein Kind«. Er hatte Goethe ernst und beim Wort genommen, der Gretchen/Friederike im »Faust« ein noch »unwissend Kind« im Alter von »über 14 Jahr« nennt.

Brion, Jacobea Sophie (geb. 1756, gest. 1838), Schwester der Friederike Brion.

Brion, Johann Jakob (geb. 1717, gest. 1787), Pfarrer, Vater der Friederike Brion.

Brion, Katharina Magdalena (geb. 1747, gest. 1772), Schwester der Friederike Brion.

Brion, Magdalena Salomea, geb. Schöll (geb. 1724, gest. 1786), Mutter von Friederike Brion.

Brion, Maria Salome (geb. 1749, gest. 1807), Schwester der Friederike Brion.

Sechs Kinder der *Brion*-Familie starben bereits frühzeitig in Niederrödern. Die Brions stammten aus dem belgischen Flandern und hießen ursprünglich Prien. Ihre Verwandtschaft war, wie von Goethe beschrieben, im Elsass und in Baden sehr umfangreich und umfasste neben den Familien Schöll, Weyland, Gockel und Marx ein halbes Dutzend weiterer Familien. Noch größer war der Freundeskreis um die Brions. So standen sie u.a. mit Daniel Schneegans in enger Verbindung, der mit der Frankfurterin Louise Schwarz, einer Verwandten von Lili Schönemann, verheiratet war.

Buff, Charlotte Sophie Henriette (geb. im Jan. 1753 in Wetzlar, gest. 16. Jan. 1828 in Hannover). Sie lernte Goethe am 9. Juni 1772 in Volpertshausen bei Wetzlar kennen. Charlotte heiratete am 4. April 1773 Johann Georg Christian Kestner, mit dem sie seit ihrem 15. Lebensjahr verlobt war. Aus der Ehe gingen elf Kinder hervor. Die Kestners lebten in äußerst bescheidenen Verhältnissen. Als ihr ältester Sohn Georg, Goethes Patenkind, in Göttingen sein Studium begann, schrieb der Vater dem Vermieter eines Studentenlogis: »Er (der Sohn) ist weder Kaffee noch Tee noch Milch, auch nicht des Morgens gewöhnt … Morgens ein Stück Brot und ein Glas Wasser, hernach um 10 oder 11 Uhr wieder ein Stück Brot und nachmittags dergleichen, abends Butterbrot, abwechselnd mit Suppe oder Kartoffeln, das war (zu Hause) seine Nahrung. Ich wünsche, daß er diese Weise beibehielte. Er schläft nicht weich, steht früh auf.«

Bei einem Besuch ihrer Schwester Alma 1816, die in Weimar mit dem Kammerrat Cornelius Riedel verheiratet war, besuchte Charlotte auch Goethe.

Cotta, Johann Friedrich, Freiherr von Cottendorf (geb. 27. April 1764 in Stuttgart, gest. 29. Dez. 1832 in Stuttgart), Buchhändler und Verleger. 1794 trat Cotta über Friedrich Schiller mit Goethe in Verbindung. Ab 1806 war er alleiniger Herausgeber von Goethes Werk.

Eckermann, Johann Peter (geb. 21. Sept. 1792 in Winsen, gest. 3. Dez. 1854 in Weimar), Jurist. Eckermann, der Goethe hoch verehrte, wurde 1823 dessen Sekretär. 1830 wurde er Lehrer des Erbherzogs von Sachsen-Weimar-Eisenach Karl-Alexander. 1837 gab er seine »Gespräche mit Goethe« heraus. 1838 wurde Eckermann zum Hofrat ernannt und übernahm das Amt eines Bibliothekars der Großherzogin Maria Pawlowna von Sachsen-Weimar-Eisenach.

Einsiedel, Friedrich Hildebrand von (geb. 30. April 1750 in Altenburg, gest. 9. Juli 1828 in Jena), Jurist. Jugendfreund Karl Augusts von Sachsen-Weimar. Kammerherr der Herzoginmutter Anna Amalia, Oberhofmeister, später in Jena Präsident des Oberappellationsgerichts. Lyriker, verfasste auch Schriften zur »Theorie der Schauspielkunst«. Mit Goethe befreundet.

Fahlmer, Johanna Katharina Sibylla (geb. 16. Juni 1774 in Düsseldorf; gest. 31. Okt. 1821 in Düsseldorf), Tante der mit Goethe befreundeten Brüder Jacobi, Freundin von Goethes Schwester Kornelia. Sie heiratete nach deren Tod Johann Georg Schlosser, den Mann Kornelias. Mit Goethe stand sie von 1773 bis 1777 in Briefwechsel.

Goethe, August von (geb. 25. Dez. 1789 in Weimar, gest. 27. Okt. 1830 in Rom), Jurist. 1810 Kammerassessor, 1816 Kammerrat. 17. Juni 1817 Heirat mit Ottilie von Pogwisch. Goethes einziger Sohn starb während einer Italienreise und wurde in Rom an der Pyramide des Cestius beigesetzt. Für die Bestattung sorgte August Kestner, der vierte Sohn von Charlotte und Johann Christian Kestner, der sich 1830 in Rom aufhielt.

Goethe, Christiane (Johanna Christina Sophia) von, geb. Vulpius (geb. 1. Juni 1765 in Weimar, gest. 6. Juni 1816 in Weimar). Tochter des Amtsarchivars Johann Friedrich Vulpius. Sie wuchs nach dem frühen Tod der Eltern unter ärmlichen Verhältnissen bei einer Tante auf, arbeitete in der Weimarer Kunstblumenmanufaktur Bertuchs. Christiane lernte Goethe am 12. Juli 1788 kennen. Heirat am 19. Oktober 1806. Sie war Mutter von fünf Kindern, von denen vier früh starben.

Goethe, Johann Wolfgang von (geb. 28. Aug. 1749 in Frankfurt a.M., gest. 22. März 1832 in Weimar). Goethe war der Urenkel des Hufschmiedes Hans Christian Göthe (Gothe), der bis 1694 im nahe Weimar gelegenen

Artern lebte, und der Enkel des Schneidermeisters Friedrich Georg Goethe (geb. 1657 in Artern, gest. 1730 in Frankfurt a.M.). Der Vater Johann Kaspar Goethe (geb. 29. Juli 1710 in Frankfurt a.M., gest. 27. Mai 1782) heiratete am 20. August 1784 in zweiter Ehe Katharina Elisabeth Textor, die Tochter des Franfurter Stadtschultheißen (geb. 19. Feb. 1731 in Frankfurt a.M., gest. 13. Sept. 1808 in Frankfurt a.M.). Goethe studierte von Oktober 1765 bis 1768 auf Wunsch des Vaters in Leipzig Jurisprudenz, verließ die Universität aber ohne Abschluss. Nach langer Krankheit nahm er im Frühjahr 1770 das Jurastudium wieder auf und promovierte 1771 in Straßburg zum Lizentiaten der Rechte. Den akademischen Grad eines Dr. jur. erreichte er nicht. 1775 Berufung durch Herzog Karl August nach Weimar. 1776 Geheimer Legationsrat und Mitglied des Conseils (Landesregierung). 1779 Ernennung zum Geheimrat, 1782 Nobilitierung, ab 1815 Staatsminister. 1825 Ernennung zum Doktor h.c. aller Fakultäten der Universität Jena. Goethe war in Weimar mit einer Vielzahl von Aufgaben betraut. Er war Leiter der Finanzverwaltung, der Kriegskommission, der Wegebaukommission, der Bergwerkskommission und hatte die Oberaufsicht über alle wissenschaftlichen und kulturellen Einrichtungen des Landes. Dazu gehörten u.a. die Universität in Jena, das Weimarer Theater, die Bibliotheken, die Jenaer Sternwarte und der Botanische Garten, die naturwissenschaftlichen Sammlungen sowie das Weimarer Freie Zeicheninstitut.

Werke u.a.

Dramen:

Götz von Berlichingen (1773), Clavigo (1774), Stella (1776), Iphigenie auf Tauris (1787), Die Geschwister (1787), Egmont (1788), Torquato Tasso (1790), Der Großkophta (1792), Die Aufgeregten (1793), Der Bürgergeneral (1793), Die natürliche Tochter (1804), Pandora (1808), Faust I (1808), Des Epidemis Erwachen (1815), Faust II (1832).

Singspiele:

Erwin und Elmire (1775); Claudine von Villa Bella (1776); Lila (1778); Die Fischerin (1782); Scherz, List und Rache (1790).

Satirische Possen und Fastnachtsspiele:

Satyros oder Der vergötterte Waldteufel (1770); Götter, Helden und Wieland (1774); Hanswursts Hochzeit oder Der Lauf der Welt (1811).

Lustspiele:

Die Mitschuldigen (1787); Die Laune des Verliebten (1806).

Lyrik:

Annette (1767); Neue Lieder (1769); Römische Elegien (1790); Vier Jahreszeiten (1796); Westöstlicher Divan (1819.

Spruchdichtungen:

Venetianische Epigramme (1790); Xenien (1797); Maximen und Reflexionen (1833).

Romane:

Die Leiden des jungen Werther (1774); Wilhelm Meisters Lehrjahre (1795–1796); Die Wahlverwandtschaften

(1809); Wilhelm Meisters Wanderjahre (1821–1829); Wilhelm Meisters theatralische Sendung (1911).

Novellen:

Die neue Melusine (1817); Der Mann von fünfzig Jahren (1818); Unterhaltungen deutscher Ausgewanderten (1795); Novelle (1829).

Epen:

Reineke Fuchs (1794); Hermann und Dorothea (1798).

Biografisches:

Aus meinem Leben. Dichtung und Wahrheit (1811–1833); Die italienische Reise (1816–1817); Zweiter Römischer Aufenthalt (1829); Kampagne in Frankreich (1822); Belagerung von Mainz (1822).

Schriften und Aufsätze zur Kunst und Literatur:

Von deutscher Baukunst (1773); Literarischer Sansculottismus (1795); Über Laokoon (1798); Winckelmann und sein Jahrhundert (1805).

Beiträge zur Naturwissenschaft:

Versuch, die Metamorphose der Pflanzen zu erklären (1790); Beiträge zur Optik (1791–1792); Zur Farbenlehre (1810); Versuch aus der vergleichenden Knochenlehre, daß der Zwischenknochen der oberen Kinnlade dem Menschen mit den übrigen Tierarten gemein ist (1820); Das Schädelgerüst aus Wirbelknochen auferbaut (1823).

Übersetzungen und Bearbeitungen:

Das Leben des Benvenuto Cellini (1797); Mahomet (von Voltaire; 1802); Tancred (von Voltaire; 1802); Rameaus Neffe (von Diderot: 1805).

Gespräche:

»Gespräche mit Goethe in den letzten Jahren seines Le-

bens« von Eckermann (1836–1848); Unterhaltungen mit dem Kanzler Friedrich von Müller (1870), Goethes Gespräche, Gesamtausgabe (10 Bände, 1889–1896).
BRIEFE:
An Schiller, von 1794–1805 (6 Teile; 1828–1829); An Zelter, von 1796–1832 (6 Bände; 1833–1834); An Frau von Stein, von 1776–1826 (3 Bände; 1848–1851; 3. Auflage 1899–1900); Briefe. Ausgewählte und in ethnologischer Folge mit Anmerkungen; herausgegeben von Eduard von Hellen (6 Bände; Berlin 1902–1913 bei Cotta).
ZEITSCHRIFTEN:
Die Propyläen (1798–1800); Über Kunst und Altertum (1816–1832); Zur Naturwissenschaft überhaupt (1817–1824); Zur Morphologie (1817–1823).

Goethe, Kornelia Friederike Christiane (geb. 7. Dez. 1750 in Frankfurt a.M., gest. 8. Juni 1777 in Emmendingen (Baden). Goethes Schwester, sie war eine hoch gebildete Frau, verschlossen, exzentrisch, zuweilen schwermütig. Kornelia war lange Zeit Goethes engste Vertraute. Sie heiratete am 1. Nov. 1773 Johann Georg Schlosser.

Goethe, Ottilie von, geb. Freiin von Pogwisch (geb. 31. Okt. 1796 in Danzig, gest. 26. Okt. 1872 in Weimar). Tochter des preußischen Majors von Pogwisch und dessen Frau Henriette, geb. Gräfin von Henckel-Donnersmarck. Heirat mit August von Goethe am 17. Juni 1817. Ottilie war die Mutter von vier Kindern: Walther Wolfgang (9.4.1818 bis 15.4.1885); Wolfgang Maximilian

(18.9.1820 bis 20.1.1883); Alma Sedina Henrietta Cornelia (29.10.1827 bis 29.9.1844). Ihr viertes Kind, Anna Sibylle, ist die Tochter des englischen Captains Story oder die des Charles Sterling. Das Mädchen starb dreijährig am 4. Juli 1836.

Die von Goethe gestiftete Ehe war nicht glücklich. Die geistig bewegliche und kunstinteressierte Ottilie fühlte sich mehr dem Schwiegervater verbunden als ihrem Mann August. Sie war unpraktisch, vergnügungssüchtig und in hohem Maße verschwenderisch. Ab Juni 1829 gab sie die Zeitschrift »Chaos« heraus. Der Titel entsprach dem Charakter der Herausgeberin. Die Gründung soll auf eine Anregung Goethes zurückgehen, der hoffte, damit »sein häusliches Leben in erträgliche Bahnen zu lenken, wenn er der ruhe- und haltlosen Schwiegertochter mit der Herausgabe eine Aufgabe stellte, die im heilsamen Zwang einer dauernden Tätigkeit ihr zwiespältiges Wesen zu größerer Stetigkeit führen sollte« (R. Fink, »Das Chaos« und seine Mitarbeiter). Wie alle pädagogischen Maßnahmen Goethes war auch diese ein Misserfolg. Nach seinem Tod verließ Ottilie Weimar wegen eines Verhältnisses mit dem Engländer Charles Sterling, den sie 1823 kennen gelernt hat. In Leipzig schloss sie sich dem Schriftsteller Gustav Kühne an. Nach einer weiteren Männeraffäre wurde der Arzt Romeo Seligmann ihr Favorit. Sie zog zu ihm nach Wien. Obwohl die für sie von Goethe ausgesetzte Leibrente von 500 Talern im Jahr – zuzüglich 1500 Taler für die drei Kinder – großzügig bemessen war, machte sie Schulden. Der Name Goethe verschaffte ihr anfänglich

Kredit. Als sie aber im Zurückzahlen immer säumiger wurde, war's damit vorbei. Auch Marianne von Willemer, bei der Ottilie eine Zeitlang logierte, lehnte es ab, nachdem sie ihr einmal Geld geliehen hatte, das zu wiederholen. Als letzter Ausweg blieben die Pfandhäuser. Ottiliens Lebensstil, ihre Affären und Skandale wurden zum beliebten Gesprächsthema in den Salons, wobei die über sie verbreiteten Geschichten nicht immer der Wahrheit entsprachen. So zeigte sich etwa die Schriftstellerin Annette von Droste-Hülshoff als üble Klatschtante, als sie das in Wien kursierende Gerücht weiterverbreitete, Ottilie habe ihre Tochter Alma vergiftet, um an die Aussteuer des Mädchens in Höhe von 60.000 Talern heranzukommen. Ottilie war 1844 nach Paris gereist, wo ihre Tochter am 29. Sept. 1844 verstarb. Die Droste-Hülshoff schreibt: »Alma hat nicht hin wollen, hat gesagt, es sei ihr, als wenn sie in den Tod ginge, acht Tage in Paris angekommen, war sie wirklich tot, die Mutter Erbin ihrer sechzigtausend Taler, und in Weimar zweifelt niemand, daß sie zu diesem Zweck vergiftet worden ist. Das Publikum hält die Goethe dieser Tat für fähig und würde sie (wie jene Dame sagt) mit Kot und Steinen werfen, wenn sie's wagen sollte zurückzukommen … Ottiliens neues Vermögen ist schon zum Teil hin …« (Annette von Droste-Hülshoff am 30.7.1845 an Elise Rüdiger). Die angebliche Ermordung der Alma von Goethe erwies sich als bösartige Verleumdung. Das Mädchen war an Typhus gestorben. Die 60.000 Taler ihrer Tochter hat Ottilie aber in der Tat in kurzer Zeit ausgegeben. Nach weiteren kostspieligen Aufenthalten in

Wien, Berlin und Rom sowie in verschiedenen mondänen Bädern kehrte sie mit ihren beiden Söhnen 1870 finanziell ruiniert nach Weimar zurück.

Gustedt, Jenny Freifrau von, geb. von Pappenheim (geb. 1811, gest. 1890) ist die natürliche Tochter Jérome Bonapartes, König von Westfalen. Sie ist eine von Goethes kleinen Altersliebschaften und Erzieherin seiner Enkelin Alma.

Herder, Johann Gottfried von (geb. 25. Aug. 1744 in Mohrungen, gest. 18. Dez. 1803 in Weimar), Dichter, Literaturtheoretiker, Generalsuperintendent. Mit Goethe seit dessen Straßburger Zeit befreundet. Herders schwieriger Charakter, persönliche Differenzen und der ungute Einfluss seiner Frau trugen wesentlich zu einer Entfremdung zwischen ihm und Goethe bei.

Werke u.a.: »Über die neue deutsche Literatur« 1766/68, »Kritische Wälder« 1769, »Journal meiner Reise im Jahr 1779«, »Abhandlung über den Ursprung der Sprache« 1770, »Volkslieder nebst untermischten Stücken« 1778/79, »Ideen zur Philosophie der Geschichte der Menschlichkeit« 1784/91, »Briefe zur Beförderung der Humanität« 1794/97, »Terpsichore« 1795/96, »Christliche Schriften« 1796/99.

Herder, Marie Karoline von, geb. Flachsland (geb. 28. Jan. 1750 in Reichenweier/Elsass, gest. 15. Sept. 1809 in Weimar). Sie lebte Seit 1768 in Darmstadt bei ihrer Schwester, der Frau des Ministers Andreas Hesse.

Durch Goethes Freund Merck wurde sie 1772 in den »Darmstädter Kreis« eingeführt. Seit 1770 mit Herder verlobt. Am 2. Mai 1773 Heirat.

Herzlieb, Christiane Friederike Wilhelmine (Minchen) (geb. 22. Mai 1789 in Züllichau, gest. 10. Juli 1865 in Görlitz). Tochter eines Superintendenten. Früh verwaist, wurde sie von der Familie des Jenaer Buchhändlers Fromann als Pflegetochter aufgenommen. Hier lernte sie Goethe kennen, der sich 1807 in die damals 17-Jährige verliebte. Die Ottilie in Goethes »Wahlverwandtschaften« trägt Züge von ihr, außerdem sind ihr einige Sonette gewidmet.

Jung, Johann Heinrich, genannt Stilling (geb. 12. Sept. 1740 in Grund, gest. 2. April 1817 in Karlsruhe), Schneider, Hauslehrer, studierte ab 1770 in Straßburg Medizin. Bekannter Arzt. Ab 1787 Professor der Ökonomie in Marburg, 1804 Professor der Staatswissenschaften in Heidelberg. Jugendfreund Goethes. Jung-Stilling lernte Goethe 1770 in Straßburg kennen, wo er zur Tischgesellschaft der Jungfer Lauth gehörte.

Kalb, Johann August Alexander von (geb. 26. Nov. 1747 in Kalbsrieth, gest. 25. Mai 1814 in Ottenau bei Heilbronn). Seit 1776 Kammerpräsident in Weimar. 1782 entlassen. Kalb geleitete Goethe 1775 nach Weimar und war bis zu seiner Entlassung mit ihm und Herzog Karl August befreundet. Goethe machte seiner Schwester Sophie Friederike eine Zeit lang den Hof.

Karl August, Herzog, ab 1815 Großherzog (geb. 3. Sept. 1757 in Weimar, gest. 14. Juni 1828 in Torgau). Karl August übernahm am 3. September 1775 die Regierung des Herzogtums Sachsen-Weimar und heiratete im selben Jahr Prinzessin Luise von Hessen-Darmstadt. Er ging den von Anna Amalia vorgezeichneten Weg und förderte Kunst und Wissenschaft im Herzogtum. Er war charakterfest und besaß bereits in jungen Jahren Menschenkenntnis und Weitblick. Als der Vorsitzende des Geheimen Conseils (Ministerpräsident) Freiherr von Fritsch 1776 drohte, von seinem Amt zurückzutreten, falls Goethe in dieses Gremium berufen wurde, antwortete ihm der 19-jährige Karl August: »Wäre der Dr. Goethe ein Mann eines zweideutigen Charakters, würde ein jeder Ihren Entschluß billigen, Goethe aber ist rechtschaffen, von einem außerordentlich guten und fühlbaren Hertzen; nicht alleine ich, sondern einsichtsvolle Männer wünschen mir Glück, diesen Mann zu besitzen. Sein Kopf und Genie ist bekannt … Einen Mann von Genie an dem Ort gebrauchen, wo er seine außerordentlichen Talente nicht gebrauchen kann, heißt ihn mißbrauchen …« Herzog Karl August blieb Goethe ein Leben lang verbunden.

Kestner, Johann Georg Christian (geb. 28. Aug. 1741 in Hannover, gest. 24. Mai 1800 in Hannover), Gesandtschaftssekretär des Herzogtums Bremen, später Archivsekretär und Hofrat. Mit Goethe seit 1772 befreundet. Ehemann von Charlotte Kestner, geb. Buff.

Klettenberg, Susanna Katharina von (geb. 19. Dez. 1723 in Frankfurt a.M., gest. 13. Dez. 1774 in Frankfurt a.M.). Verwandt mit Goethes Mutter und mit ihr befreundet. Die Klettenberg war Herrenhuterin, sehr fromm, mystisch-verschwommen in ihren Ansichten. Auf den ungefestigten jungen Goethe hatte sie vor allem nach seiner Leipziger Zeit großen Einfluss. Sie regte u.a. auch seine damaligen mystischen Studien an.

Klinger, Friedrich Maximilian von (geb. 18. Febr. 1752 in Frankfurt a.M., gest. 25. Febr. 1831 in Petersburg). Begabter Dichter und Dramatiker. Sein Drama »Sturm und Drang« gab einer Literaturepoche ihren Namen. Mit Goethe seit dessen Straßburger Aufenthalt befreundet. 1780 nahm Klinger durch Vermittlung von Goethes Schwager Schlosser als Leutnant Dienst in Russland. Wurde Direktor des Kadettenkorps, General und Kurator der Universität Dorpat. Verheiratet mit einer Tochter Katharinas II. Goethe sagte über ihn: »Das war ein treuer, fester, derber Kerl, wie keiner.«

Klopstock, Friedrich Gottlieb (geb. 2. Juli 1724 in Quedlinburg, gest. 14. März 1803 in Hamburg). Dichter. Von Goethe wegen seiner Verdienste bei der Entwicklung der deutschen Literatur und Sprache hoch verehrt. Klopstock besuchte Goethe 1774 in Frankfurt a.M. Das freundschaftliche Verhältnis der beiden wurde durch Klopstocks unangemessene Einmischung in Goethes und des Herzogs Weimarer »Sturm und Drang Zeit« beendet.

Werke u.a.: »Messias (1748–1773); Oden: »Wingolf« (1774), »Der Zürchersee« (1750), »Die Frühlingsfeier«, »Die fünf Gräber«, »Mein Vaterland« (1768); Prosa: »Die deutsche Gelehrtenrepublik« (1774), »Gedanken über die Natur der Poesie« (1759).

La Roche, Marie Sophie von, geb. Gutermann von Gutershofen (geb. 1731, gest. 1807). Schriftstellerin. Autorin der zu ihrer Zeit tief wirkenden »Geschichte des Fräuleins von Sternheim«. Die La Roche war die Jugendliebe Wielands. Sie lernte Goethe im April 1772 kennen und verkehrte lange Zeit mit ihm.

Lavater, Johann Kaspar (geb. 15. Nov. 1741 in Zürich, gest. 2. Jan. 1801 in Zürich). Prediger, bekannter Schriftsteller. Berühmt wurde er durch seine »Physiognomischen Fragmente zur Beförderung der Menschenkenntnis und Menschenliebe«. Er entwickelte eine Theorie, die menschliche »Seele von außen« zu erkennen. Zu diesem Zwecke legte er eine Sammlung von Schattenrissen an, zu der auch Goethes und der von Charlotte von Stein gehörten. Im menschlichen Gesicht, genauer im Profil, wollte er das Innere des Menschen erkunden. Er glaubte, mit einem Blick einen Menschen erfassen und ihm sein Schicksal voraussagen zu können.

Lenz, Jakob Michael Reinhold (geb. 12. Jan. 1751 in Seßwegen/Livland, gest. 23. Mai 1792 in Moskau). Dichter des »Sturm und Drang«, Goethe eine Zeit lang ebenbürtig. Lenz studierte Theologie in Königsberg, kam als Hofmeister zweier Barone von Kleist nach Straßburg, wo er 1771 Goethe kennen lernte, den er hoch verehrte. Lenz hielt im Sommer 1772 vergeblich um die Hand der Friederike Brion an. 1775 besuchte ihn Goethe in Straßburg. 1776 kam Lenz nach Weimar und überwarf sich mit der dortigen Hofgesellschaft. Er litt an einer Geisteskrankheit. Erschien 1778 noch einmal überraschend in Sesenheim und versuchte, sich dort das Leben zu nehmen. Das wiederholte sich in Waldersbach/Elsass bei Johann Friedrich Oberlin, Pfarrer und bekannter Sozialreformer, von dem er sich Heilung erhoffte. In Fouday, unweit von Waldersbach, versuchte Lenz ein totes Kind, ein Mädchen, von dem er glaubte, es sei Friederike Brion, zum Leben zu erwecken. Goethe hat ihm Unrecht getan, indem er das alles als »lächerliche Demonstration« abtat. Lenz war wirklich krank. Schließlich wurde er von Goethes Schwager Schlosser in Emmendingen aufgenommen. Einen Teil der Unterhaltskosten zahlte Goethes Mutter, da Lenz völlig mittellos war. 1779 holte ihn sein Bruder zurück in seine Heimat. Lenz starb in bitterer Armut.

Werke u.a.: »Anmerkungen übers Theater« (1774), »Der Hofmeister« (1774), »Die Soldaten« (1776), Gedichte im »Sesenheimer Liederbuch« (erschienen 1835), »Der Engländer« (1777), »Der Waldbruder« (1797 Fragment, Pendant zu Werthers Leiden).

Levetzow, Ulrike von (geb. 4. Febr. 1804 in Leipzig, gest. 13. Nov. 1899). Mit Goethe 1821 in Marienbad bekannt geworden. 1823 verliebte sich der damals 74 Jahre alte Goethe in das 19-jährige Mädchen. Ulrike sandte um 1890 ihr Bild nach Sesenheim als Geschenk für ein privates Goethe-Friederiken-Museum.

Nicolai, Christoph Friedrich (geb. 18. März 1733 in Berlin, gest. 8. Jan. 1811), Schriftsteller und Buchhändler. Gründer der »Allgemeinen deutschen Bibliothek«, Zeitschrift für wissenschaftliche Bildung. Nach Erscheinen von Goethes Roman »Die Leiden des jungen Werthers«, veröffentlichte Nicolai die Parodie »Die Freuden des jungen Werthers«. Nicolai war einer der einflussreichsten Gegner Goethes und wurde von ihm in den »Xenien« häufig verspottet. Auch in »Dichtung und Wahrheit« und im »Faust« (Walpurgisnacht) gibt ihn Goethe der Lächerlichkeit preis.

Riemer, Friedrich Wilhelm (geb. 19. April 1774 in Glatz, gest. 19. Dez. 1845), Philologe, Hauslehrer in der Familie von Humboldt, ab 1803 Hauslehrer Augusts von Goethe. Mitarbeiter Goethes, der Riemers umfangreiches Wissen und sein geistreich-poetisches Talent schätzte. 1812 Lehrer am Weimarer Gymnasium, 1831 Hofrat, 1837 Oberbibliothekar, 1841 Geheimer Hofrat. Riemer hatte große Verdienste bei der Herausgabe von Goethes Werken (letzter Hand) und veröffentlichte u.a. »Goethes Briefwechsel mit Zelter« sowie die »Mitteilungen über Goethe«.

Riese, Johann Jakob (1746–1827), Jugendfreund Goethes. Als Student in Leipzig und Straßburg stand Goethe mit ihm in Briefwechsel. Riese war u. a. Mitarbeiter der Weimarer Gesandtschaft in Frankfurt.

Schiller, Charlotte von, geb. von Lengefeld (geb. 22. Nov. 1766 in Rudolstadt, gest. 9. Juli 1826 in Bonn). Seit 1790 mit Friedrich von Schiller verheiratet. Freundin der Charlotte von Stein.

Schiller, Friedrich von (geb. 10. Nov. 1759 in Marbach, gest. 9. Mai 1805 in Weimar). 1773–1780 Eleve an der Karlsschule bei Stuttgart. In Stuttgart lernte er anlässlich einer Preisverleihung Goethe kennen, der als Begleiter Karl Augusts Gast des Herzogs von Württemberg Karl Eugen war. 1780 schrieb Schiller »Die Räuber«. Das Stück wurde am 13.1.1782 in Mannheim uraufgeführt und vom Publikum begeistert aufgenommen. Im gleichen Jahr floh Schiller nach Mannheim, von dort ins thüringische Bauerbach bei Meiningen. Entstehung von »Kabale und Liebe« (1783). 1785 Übersiedlung zu Ch. G. Körner nach Leipzig und später nach Dresden. »Don Carlos« (1787). 1787 zum ersten Mal in Weimar. 1788 in Rudolstadt Begegnung mit Goethe, der Schiller für eine unbesoldete Professur in Jena empfiehlt. 1790 Heirat mit Charlotte von Lengefeld. 1792 Ernennung zum Ehrenbürger der Französischen Republik. 1799 Übersiedlung nach Weimar.

Werke u.a.: »Die Schaubühne als eine moralische Anstalt betrachtet« (1785 veröffentlicht), »Die Verschwörung des Fiesco zu Genua (1783), »Die Geschichte des Dreißigjährigen Krieges«(1792/93), »Wallenstein Trilogie« (1798–1800), »Die Jungfrau von Orleans« (1801), »Maria Stuart« (1801), »Die Braut von Messina« (1803), »Wilhelm Tell« (1804).

Schlosser, Johann Georg (geb. 9. Dez. 1739 in Frankfurt a.M., gest. 17. Okt. in Frankfurt a.M.), Jurist, Sekretär des Herzogs von Württemberg, Karl Eugen. Ab 1773 badischer Hof- und Regierungsrat, danach Oberamtmann in Emmendingen. 1790 Direktor des Hofgerichts und wirklicher Geheimer Rat. 1773 heiratete er Goethes Schwester Kornelia. Schlosser kannte Goethe bereits seit dem Jahr 1766. In Leipzig hatten sich die beiden jungen Männer angefreundet. Schlosser führte Goethe auch bei der Familie Schönkopf ein.

Schönemann, Anna Elisabeth (Lili) (geb. 23. Juni 1758 in Frankfurt a.M., gest. 6. Mai 1817 in Krautergersheim bei Straßburg/Elsass). 1775 Verlobung mit Goethe. 1778 heiratete die Schönemann den Straßburger Bankier Bernhard Friedrich von Türckheim.

Schönkopf, Anna Katharina (Käthchen) (geb. 22. Aug. 1746 in Leipzig, gest. 20. Mai 1810 in Leipzig), Tochter eines Gastwirts. 1770 Heirat mit dem Amtmann Dr. Christian Karl Kanne. Goethe besuchte Käthchen 1776 bei einem Aufenthalt in Leipzig.

Schopenhauer, Johanna, geb. Trosiener (geb. 1766 in Danzig, gest. 1838 in Jena). Mutter des Philosophen Arthur Schopenhauer. Ihre Tochter Adele war eine Freundin der Ottilie von Goethe. Die Schopenhauer war eine zu ihrer Zeit bekannte Schriftstellerin. Ihr Roman »Gabriele« wurde von Goethe gelobt. Sie war die erste Dame der Weimarer Gesellschaft, die Christiane von Goethe in ihrem Haus empfing.

Schröter, Korona Elisabeth Wilhelmine (geb. 14. Jan. 1751 in Guben, gest. 23. Aug. 1802 in Ilmenau). Sängerin und Schauspielerin. Sie trat als 14-Jährige in Leipzig im so genannten »Großen Konzert« auf. Goethe war bereits in Leipzig mit ihr befreundet und holte sie später an die Weimarer Bühne. Die Schröter war auch Komponistin und Malerin. In seinem Gedicht »Auf Midings Tod« hat Goethe ihr ein Denkmal gesetzt.

Schultheß, Barbara (Bäbe), geb. Wolf (geb. 5. Okt. 1745, gest. 12. April 1818), verheiratet mit dem Züricher Kaufmann David Schultheß. Sie gehörte zum Freundeskreis Lavaters und lernte Goethe 1775 bei dessen erster Schweizer Reise kennen. Er besuchte sie auch 1779, 1788 und 1797. Sie stand Goethe, mit dem sie einen umfangreichen Gedankenaustausch hatte, sehr nahe. Lavater charakterisierte die Schultheß 1775 in einem Brief an Herder: »Frau Schultheß ist kurz und gut – eine Männin. Sie spricht fast nichts und führt aus ohne Wortgepränge. Sie ist nicht schön und nicht fein gebildet. Nur stark und fest, ohne Grobheit … Ihr Schweigen ist belehrende Kritik.« Bei der Schilderung des »Guten-Schönen« im »Wilhelm Meister« wurde Goethe wahrscheinlich von ihr inspiriert. Die erste Fassung von »Wilhelm Meisters theatralischer Sendung« fand sich in ihrem Nachlass.

Seckendorff, Karl Siegmund Freiherr von (geb. 26. Nov. 1744 in Erlangen, gest. 26. April 1785 in Ansbach). Offizier. Seit 1775 Kammerherr in Weimar. Seckendorff veröffentlichte von ihm selbst komponierte Volkslieder. Er vertonte auch einige Gedichte Goethes.

Seidler, Karoline Luise (geb. 15. Mai 1786 in Jena, gest. 7. Okt. 1866 in Weimar). Malerin. Sie studierte in Dresden, München und in Italien. Wurde 1823 Lehrerin der Weimarer Prinzessinnen, später Hofmalerin. Mit Goethe seit ihrer Kindheit bekannt, von ihm gefördert. Sie lebte eine Zeit lang im Haus am Frauenplan, was zu Gerüchten über eine intime Beziehung zu Goethe Anlass gab.

Stael-Holstein, Anne Louise Germaine Baronin von, geb. Necker (geb. 22. April 1766 in Paris, gest. 14. Juli 1817 in Paris), Schriftstellerin. Sie kam 1803 nach Weimar, verkehrte dort auch mit Goethe, der sie zwar menschlich ablehnte, ihr Werk aber schätzte. Bereits 1796 erschienen ihre Essays in der Zeitschrift »Die Horen« in der Übersetzung von Goethe. 1804 berichtete Goethe über sie in den »Annalen«.

Stein, Charlotte Ernestina Bernhardina Freifrau von, geb. von Schardt. Tochter Johann Schardts und seiner Frau Konkordia Elisabeth, geb. Irving of Drum (geb. 25. Dez. 1742 in Eisenach, gest. 6. Jan. 1827 in Weimar). Mutter von sieben Kindern. Mit Goethe von 1775 bis 1788 eng verbunden.

Stein, Gottlob Ernst Josias Friedrich Freiherr von (geb. 15. März 1735 in Regensburg, gest. Dez. 1793 in Weimar). Oberstallmeister. 8. Mai 1764 Heirat mit Charlotte von Schardt. Stein galt in Weimar als gute Partie, er war reich, gutaussehend und hatte angenehme Umgangsformen. Seine Heirat mit der aus einer verarmten Familie stammenden Charlotte kam auf Betreiben der Herzogsfamilie zustande.

Stein, Gottlob Friedrich Konstantin (Fritz) Freiherr von (geb. 1772, gest. 1844), jüngster Sohn der Frau von Stein, Zögling Goethes. Bereits als Achtjähriger begleitete er Goethe auf dessen Reisen nach Dessau und Leipzig. 1783 nahm ihn Goethe in seinem Haus auf. 1785 war Fritz von Stein einige Wochen bei Goethes Mutter in Frankfurt a.M. zu Gast.

Wilhelm von Humboldt schrieb über ihn: »Stein ist ein sehr guter Mensch, allein zur Arbeit doch nur sehr in bedingter Weise tauglich. Was noch wunderbarer ist, so trägt er auch in dieser Unvollkommenheit Spuren der Goethischen Erziehung, die man nicht verkennen kann. Ich glaube, daß es ihm geschadet hat, daß Goethe zu sehr mit ihm, wie er überhaupt leicht tut, auf das Reale und Praktische gegangen ist und zu wenig auf das eigentliche Lernen gehalten hat.«

Fritz von Stein wurde preußischer Kriegs- und Domänenrat, legte 1807, da er sich der französischen Herrschaft nicht fügen wollte, das Amt nieder und wurde 1809 zum Generalrepräsentanten der Schlesischen Landschaft gewählt.

Textor, Anna Margaretha, geb. Lindheimer (geb. 1711 in Wetzlar, gest. 18. April 1783 in Frankfurt a.M.), Goethes Großmutter (mütterlicherseits). Über die Lindheimers aus Wetzlar war Charlotte Kestner, geb. Buff, mit den Goethes verwandt.

Textor, Johann Wolfgang (geb. 20. Jan. 1638 in Neuenstein, gest. 27. Dez. 1701 in Frankfurt a.M.), Goethes Ururgroßvater (mütterlicherseits), Enkel von Jörg Weber, Beamter des Grafen von Hohenlohe und Sohn von Wolfgang Weber (auch Textor), gräflicher Hohenlohescher Kanzleidirektor in Neuenstein. Johann Wolfgang Textor studierte Rechtswissenschaften und war von 1665 bis 1674 Rat der Stadt Nürnberg und Professor in Altdorf, 1674 bis 1690 Professor in Heidelberg, 1690 bis 1701 Syndicus primarius in Frankfurt a.M.

Textor, Johann Wolfgang (geb. Dez. 1693 in Frankfurt a.M., gest. 6. Febr. 1771 in Frankfurt a.M.), Goethes Großvater (mütterlicherseits), Sohn des kürpfälzischen Hofgerichtsrates Christoph Heinrich Textor und der Maria Katharina, geb. Appel. Advokat am Kammergericht Wetzlar. 1731 Schöff in Frankfurt a.M., dann älterer Bürgermeister und 1747 Reichs-, Stadt- und Gerichtsschultheiß auf Lebenszeit. 1726 Heirat mit Anna Margaretha, geb. Lindheimer. Textor hatte während seiner Wetzlarer Zeit eine Liebesaffäre mit einer verheirateten Frau und musste unter Zurücklassung seiner Perücke aus Wetzlar fliehen.

Vulpius, Christian August (geb. 23. Jan. 1762 in Weimar, gest. 26. Juni 1827 in Weimar), Bruder von Christiane von Goethe. Er studierte Rechtswissenschaften, Geschichte, Heraldik und Numismatik. War als Schriftsteller tätig. Vulpius wurde 1797 durch Goethes Protektion Registrator der Herzoglichen Bibliothek in Weimar, 1800 Sekretär, 1805 Bibliothekar. 1816 wurde er zum Bibliotheksrat ernannt, 1823 Ehrendoktor der Universität Jena.

Wagner, Heinrich Leopold (geb. 19. Febr. 1747 in Straßburg/Elsass, gest. 4. März 1779 in Frankfurt a.M.), Rechtsanwalt, Jugendfreund Goethes, den er 1770 in Straßburg kennen lernte. Mit seinem Trauerspiel »Die Kindsmörderin« nahm er Goethes Gretchentragödie vorweg. Goethe hatte ihm von seinem Vorhaben berichtet. In »Dichtung und Wahrheit« beschreibt er ihn als »einen guten Gesellen … obgleich von keinen außerordentlichen Gaben … nicht ohne Geist, Talent und Unterricht«.

Wieland, Christoph Martin (geb. 5. Sept. 1733 in Oberholzheim bei Biberach, gest. 20. Jan. 1813 in Weimar), kam 1773 als Prinzenerzieher nach Weimar. Obwohl Goethe ihm 1773 in der Farce »Götter, Helden und Wieland« verspottet hatte, freundeten sich die beiden in Weimar an. Für den »Oberon« sandte Goethe an Wieland einen Lorbeerkranz. In der im Februar 1813 gehaltenen Logenrede »Zu brüderlichem Andenken Wielands« würdigte er den Freund.

Werke u.a.: »Komische Erzählungen« (1762), diese erotisch-frivole Thematik war Anlass für Anfeindungen durch die Mitglieder des biederen Göttinger Hains; »Der goldene Spiegel oder die Könige von Scheschian« (1772), »Die Abderiten« (1774), »Peregrinus Proteus« (1791), »Agathodämon« (1799). Wieland war Herausgeber des »Teutschen Merkur« und Übersetzer von Aristophanes, Euripides, Horaz, Lukian, Cicero und Shakespeare.

Willemer, Maria Anna Katharina Theresia (Marianne) von, geb. Jung (geb. 20. Nov. 1784 in Linz/Österreich, gest. 6. Dez. 1860 in Frankfurt a.M.). Goethe war bemüht, seine Verbindung mit Marianne nicht öffentlich werden zu lassen. Erst 1827 wurden durch die Veröffentlichung des Gedichts »Reicher Blumen goldne Ranken« die Kontakte zu Jacob von Willemer bekannt. Nur ein einziges Mal nennt Goethe unter den vielen Marianne gewidmeten Versen ihren Namen. Alle Briefe und Sendungen von Weimar nach Frankfurt wurden von ihm an Jacob von Willemer oder an Mariannes Stieftochter Rosine Städel gerichtet. Im Tagebuch Goethes ist nur der Name Willemer oder die Pluralform »Willemers« verzeichnet. Erst 1862 wurde das Verhältnis Mariannes mit Goethe durch die Veröffentlichung der Notizen und des Briefwechsels Sulpiz Boisserées mit Goethe offenbar.

Ziegesar, Silvie Freiin von (geb. 21. Juni 1785 in Drakendorf bei Jena, gest. Nov. 1855), Tochter des mit Goethe bekannten Gothaer-Altenburger Kanzlers August von Ziegesar. Goethe verliebte sich in das Mädchen und stand mit ihr ab 1803 in Briefwechsel. Der Ziegesar ist neben einigen Gedichten auch die Ballade »Bergschloß« gewidmet. Silvie von Ziegesar heiratete den Jenaer Theologieprofessor und späteren Superintendenten Friedrich August Koethe.

Zimmermann, Johann Georg, Ritter von (geb. 8. Dez. 1728 in Brugg/Schweiz), gest. 7. Okt. 1795 in Hannover). Berühmter Arzt. Leibarzt des Königs von England. Eine Zeit lang auch Arzt Friedrich des Großen. Philosophischer Schriftsteller, veröffentlichte auch medizinische Fachbücher. Er lernte Goethe 1775 in Straßburg kennen. Im selben Jahr war Zimmermann mit seiner Tochter Katharina Gast von Goethes Mutter in Frankfurt. Die damals 18-jährige Katharina, die zwei Jahre unter der Obhut eines Freundes von Zimmermann in Lausanne gelebt hatte, war ein verschüchtertes, ängstliches Mädchen. Frau Rat Goethe nahm sich ihrer an. Ihre Versuche, den Sohn mit Katharina zu verheiraten, scheiterten.

Zimmermann, Katharina (geb. 30. Sept. 1756, gest. 10. Sept. 1781).

Literatur

Andres, A. Sesenheimer Idyllen. In: Elsaßland, 12. Jahrgang, Gebweiler 1932

Appel, S. Im Feengarten – Goethe und die Frauen, Stuttgart 1998

Bäumer, G. Goethes Freundinnen, Leipzig und Berlin 1909

Biedermann, W. Johann Wolfgang von Goethe – Gespräche, Leipzig 1909–1911

Bielschofsky, A. Friederike und Lilli, München 1906

Bode, W. Goethes Liebesleben, Berlin 1914

Bode, W. Goethes Briefe, Hamburg-Großborstel 1906

Bode, W. Goethe in vertraulichen Briefen seiner Zeitgenossen, München 1982

Conrady, K. O. Goethe – Leben und Werk, Frankfurt a.M. 1987

Düntzer, H. Friederike von Sesenheim im Lichte der Wahrheit, Stuttgart 1893

Düntzer, H. Frauenbilder aus Goethes Jugendzeit, Stuttgart 1852

Eckermann, J. P. Gespräche mit Goethe in den letzten Jahren seines Lebens, Leipzig 1948

Elster, E. Goethe und die Liebe, Marburg 1932

Falck, P. Th. Friederike Brion von Sesenheim, Berlin 1884

Fischer-Lambert, H. Charlotte von Stein – ein Bildungserlebnis Goethes. In: Deutsche Vierteljahrsschrift 15, 1937

Friedenthal, R. Goethe – Sein Leben und seine Zeit, München 1964

Froitzheim, J. Friederike von Sesenheim, nach geschichtlichen Quellen, Gotha 1892

Goethe, Johann Wolfgang von Aus meinem Leben – Dichtung und Wahrheit, Frankfurt a.M. 1975

Gräf, H. G. Goethes Ehe in Briefen, Leipzig 1972

Herbst, W. Goethe in Wetzlar 1772, Gotha 1881

Hering, R. Aus dem Deutschen Haus zu Wetzlar. In: Jahrbuch des Freien Deutschen Hochstifts 1908

Hoyer, W. Goethes Leben dokumentarisch, Leipzig 1960

Janetzki, U. Ottilie von Goethe – Ein Porträt, Frankfurt a.M. – Berlin – Wien 1982

Kemp, F. Goethe – Leben und Welt in Briefen, München – Wien 1978

Kleßmann, E. Christiane – Goethes Geliebte und Gefährtin, Zürich 1992

Köster, A. Die Briefe der Frau Rath Goethe, Leipzig 1976

Kühn, P. Die Frauen um Goethe, Leipzig 1911

Lange, G. Struktur- und Quellenuntersuchungen zu »Lotte in Weimar«, Bayreuth 1970

Ley, St. Goethe und Friederike – Versuch einer kritischen Schlußbetrachtung, Bonn 1948

Leyser, J. Goethe zu Straßburg – Ein Beitrag zur Entwicklungsgeschichte des Dichters, Neustadt a.d. Haardt 1871

List, F. Friederike Brion – Ein Beitrag zu Goethes elsässischer Schuld und zur Psychologie seiner Liebe, Baden-Baden 1954

Luntowski, A. Charlotte von Stein, Leipzig 1913

Martin, B. Goethe und Christiane – Vom Wesen und Sinn ihrer Lebensgemeinschaft, Kassel 1949

Matzen, R. Goethe und Friederike Brion, Kehl 1995

Maurer, D. Charlotte von Stein – Ein Frauenleben der Goethezeit, Bonn 1985

Milch, W. Bettina und Marianne, Zürich 1947

Näke, A. F. Wallfahrt nach Sesenheim, Berlin 1840

Nobel, A. Frau von Stein – Goethes Freundin und Feindin, Frankfurt a.M. 1939

Oelke, W. Goethes Briefwechsel mit einem Kinde, Frankfurt a.M. 1984

Redslob, E. Charlotte von Stein – Ein Lebensbild aus der Goetheszeit, Leipzig 1943

Ries, J. Die Briefe der Elise von Türckheim geb. Schönemann, Goethes Lili, Frankfurt a.M. 1924

Rückert, J. Bemerkungen über Weimar 1799, hrsg. von E. Haufe, Weimar 1969

Sauer, H. Goethe und Ulrike, Reichenberg 1925
Simson, O. Ulrike von Levetzow – Goethes Abschied vom Eros. In: Schicksal im Schatten, München 1970
Stöber, A. Der Dichter Lenz und Friederike von Sesenheim, Basel 1842
Victor, W. Goethe im Gespräch, Berlin – Weimar 1967
Voss, L. Goethes unsterbliche Freundin, Leipzig 1921
Wagner, K. Briefe von und an Merck, Darmstadt 1835, 1838, 1847
Weitz, H.-J. Johann Wolfgang Goethe – Sollst mir immer Suleika heißen – Goethes Briefwechsel mit Marianne und Johann Jakob Willemer, Frankfurt a.M. 1995
Wolff, K. Klingers Jugendwerke, Leipzig 1912–1913